Elsemarie Maletzke

Magnolienmord

Ein Gartenkrimi

Schöffling & Co.

Erste Auflage 2020
© Schöffling & Co. Verlagsbuchhandlung GmbH,
Frankfurt am Main 2020
Alle Rechte vorbehalten
Einbandfoto: mauritius images/Garden World Images
Satz: Fotosatz Amann, Memmingen
Druck & Bindung: Pustet, Regensburg
ISBN 978-3-89561-611-2

www.schoeffling.de
www.redaktion-maletzke.de

Magnolienmord

1. Teil
Der Magnolienexperte

Der Fuchs konnte das Wasser von weitem riechen. Er schlüpfte aus seinem Versteck unter dem Monument der Freifrau Mathilde von Rothschild und lief in der warmen Abenddämmerung seiner Nase nach durch die Platanenallee nach Osten, vorbei an geborstenen Säulen, abgestürzten Marmortafeln und Urnen mit verdorrtem Efeu; schnürte entlang der Mauer, die das strenge offene Gräberfeld der orthodoxen, das er klüglich mied, von den prunkvollen, baumbeschatteten Denkmälern der eher weltlich gesinnten Juden trennte, dem Duft des Wasser entgegen, der vom Ende der Mauer zu ihm heranwehte. Seit drei Monaten hatte es in Frankfurt nicht mehr geregnet und der Fuchs, der aus dem Geviert aus zwei Meter hohen Mauern und grauen Metalltoren nicht entkam, litt Durst. Die großen Platanen hatten begonnen, mitten im Sommer ihre Rinde abzuwerfen, die wie zerbrochene Ritterrüstungen auf den Wegen und um die weißen Stämme lag. Da die Gräber sich selbst überlassen waren, gab es auf dem alten jüdischen Friedhof an der Rat-Beil-Straße keine Brunnen, keine Gießkannen, keine Pfützen. In der Frühe leckte der Fuchs den Tau vom Gras.

Das Wasser kam und ging, klickte leise, winkte über

die östliche Mauer und das eiserne Gattertörchen, regnete jenseits über Beete, die nun fast im Dunkeln lagen. Nur die weißen Blumen waren noch sichtbar. Es flog zurück, prasselte kurz auf einen Streifen harter Erde, erhob sich und verschwand wieder. Der leichte Bratengeruch des Phloxes konnte den Fuchs nicht irritieren; er folgte dem Wasser, sobald es über die Mauer kam, und schnappte mit erhobener Schnauze nach den Tropfen.

Elinor, die reglos auf dem Ziegelweg stand und dem Radschlagen des Gartensprengers zuschaute, sah durch die Eisenstäbe den Fuchs wie eine Erscheinung hin und her jagen. Sie füllte eine Blechschüssel mit Wasser, schloss das Tor auf und stellte sie draußen auf den Pfad. Kein Fuchs, aber am nächsten Morgen war die Schüssel leer. Elinor goss sie wieder voll und stellte einen Napf mit Trockenfutter daneben. Das Wasser war genehm, das Katzenfutter unter seiner Würde. So wurden sie miteinander bekannt.

*

Das Haus an der Ecke Rat-Beil-Straße, Friedberger Landstraße hatte Elinors Urgroßvater, der Architekt Conrad Sander gebaut, Mitglied einer alten Frankfurter Familie. Sein Ehrengrab lag jenseits der Mauer des jüdischen auf dem sehr viel größeren städtischen Hauptfriedhof und zeigte einen bärtigen Mann im Halbprofil, gerahmt von seinen Insignien, Lot, Zirkel und Zollstock. Eine von Sanders architektonischen Großtaten war die Bebauung der Friedberger Landstraße mit einer Zeile würdiger Wohnhäuser aus gelbem Klinker mit blauem Fachwerk im steilen Giebel.

Im Grundriss und in der Faltung ihrer schwungvollen Schieferdächer wichen sie ein wenig voneinander ab, aber ihre Türen und Fensterläden leuchteten im selben Blau und ihre Vestibüle waren bis zur halben Höhe mit glänzenden weinroten Kacheln und einer abschließenden feinen blauen Bordüre gefliest. Gedrechselte Geländer führten durch die Treppenhäuser, aber nach der Bel Etage für die am besten betuchten Mieter wurden die runden Holzknäufe auf den Pfosten und der Stuck an den Decken spärlicher und auf die Mansardenzimmer des Dienstpersonals hatte Architekt Sander keine Phantasie mehr verschwendet, geschweige denn an ein Kaminloch für das Ofenrohr gedacht. Hinter jedem Haus lag ein großer Garten mit einem Pavillon in der Mitte, umkränzt von Kieswegen, die jede Woche gerecht, und niedrigen Ligusterhecken, die zweimal im Jahr von einem Gärtner geschoren wurden.

Im Jahr der Erbauung war die Gegend noch fast ländlich; die Straße nach Friedberg eine Lindenchaussee und aus den Fenstern sah man jenseits der Straße auf Wiesen und Apfelbäume. Vorbei. Die Stadt war über alle Häuser bis auf das der Sanders hinweggegangen. Keiner, der sie nicht gekannt hatte und auch nur einen Tag nach ihrer Zerstörung die Straße entlangging, würde sie vermissen, dachte Elinor, keiner den Stolz und die Gediegenheit des Ensembles mehr würdigen. Die Nachbarschaft war an Autohäuser, Reifengroßhändler, einen Sanitärbedarf, eine Klopsbraterei und einen Baumarkt gefallen, die mit der Front zur vierspurigen Friedberger Landstraße und mit dem Rücken zur Friedhofsmauer standen. Nur Sanders Blauhaus hatte die Form gewahrt und seinen Garten behalten. Nun, nach Vaters Tod würde sie es mit Bibi teilen. Ich freue mich, dass meine kleine Schwester nach Hause kommt, sagte sie sich, aber bei dem Gedanken, dass sie Vaters Zimmer für sie ausräumen müsste, fühlte sie die Tränen aufsteigen.

*

Niemand nannte Bibi bei ihrem Namen Fabienne und tatsächlich passte der Zwitscherlaut besser zu ihrer Erscheinung, obwohl aus dem lispelnden blonden Mädchen von der Munterkeit einer Blaumeise eine etwas formlose Frau von Ende vierzig geworden war. Doch ihre hellen Augen, die immer ein wenig verblüfft in die Welt schauten, und die fröhliche Ungeniertheit, mit der Bibi ihre Wünsche durchzusetzen verstand, ließen noch immer an das Kind denken, dem die zehn Jahre ältere Elinor einmal Mutterersatz geworden war. Bibi hatte gerade laufen gelernt, als ihre eigene Mutter die Welt verließ. In den Augen der Hinterbliebenen war sie, die jüngere Tochter und kleine Schwester, nie über den Stand der nicht ganz leicht Erziehbaren hinausgewachsen. Und sie lispelte immer noch.

Bibi war nicht zu Vaters Beerdigung erschienen. Es

sei alles viel zu schnell gegangen, beschied sie Elinor am Telefon, und natürlich könne sie das Atelier nicht Knall auf Fall zuschließen, um durch die halbe Republik zu düsen. Viel zu teuer. Sie sagte wirklich Knall auf Fall, obwohl Vater nach seinem Sturz schon lange gebrechlich gewesen war und Elinor, nachdem der Ambulanzwagen ihn ins Bürgerhospital verfrachtet hatte, sie gebeten hatte, nach Hause zu kommen. »Jetzt«, sagte Bibi am Telefon, »hat er sowieso nichts mehr davon«, und Lio wäre als seine Lieblingstochter und die Praktischere von ihnen beiden, bestens geeignet, die Beerdigung und den ganzen Kram in die Wege zu leiten. Der ganze Kram war, soweit Elinor sich erinnern konnte, immer in ihre Zuständigkeit gefallen.

Sie habe allerdings nichts dagegen, zurück nach Frankfurt und ins Blauhaus zu ziehen, sagte Bibi, denn ihr verbrecherischer Hausbesitzer sei gerade dabei, sie in München aus ihrer Wohnung hinaus zu gentrifizieren. Die neue Miete könne sie nie und nimmer aufbringen. Ob Lio sich vielleicht schon einmal in der Nähe nach einer Werkstatt umtun könne, Hinterhof wäre total gut, Erdgeschoss, vierhundert kalt, nicht mehr. Elinor dachte, dass sich ihre Schwester besser selbst mit den Frankfurter Mieten bekannt machen sollte, aber sie versprach, sich umzuhören. Bibi war nun ihre letzte nahe Verwandte und der einzige Mensch, der sie bei ihrem Kindernamen nennen durfte.

*

Elinor, der alte Herr Sander und ihr Kater Heinz hatten sich im Blauhaus das Hochparterre geteilt; für jeden zwei Zimmer, die durch Schiebetüren verbunden waren; dazwischen lagen die Küche und das dunkel getäfelte Wohnzimmer mit dem Esstisch, den sie fast nie auszogen. Conrad Sander kochte gern. Er überraschte seine Tochter, die es nicht gern tat, mit Wildpasteten und interessanten Süßspeisen, aber sie hatten nicht viele Freunde, und seit er tot war, aß Elinor in der Küche, ihr Buch unter den Tellerrand geklemmt. Das Bad hatten sie einvernehmlich zu abgesprochenen Zeiten genutzt; Elinor morgens als Erste, ehe sie entlang der Friedhofsmauer unter den Linden zur Deutschen Nationalbibliothek radelte. Als Vater starb, war sie dabei, in ihrer Abteilung eine Ausstellung über Flucht und Exil deutscher Schriftsteller unter den Nationalsozialisten vorzubereiten. Nun packte sie die Bücher von Stefan Zweig, Klaus Mann und Irmgard Keun, die sie ihm aus den Beständen geliehen hatte, zusammen und brachte sie zurück ins Magazin.

Kater Heinz, weiß und grau getigert, dick und freundlich, hatte überall freien Zutritt, aber meistens legte er sich in Vaters Bett und konnte nur schwer daraus verschoben werden. Elinor hatte ihn mehrmals aufgefordert, sich im Garten um die Wühlmäuse zu kümmern, aber Heinz war kein Jäger, sondern ein Sammler zärtlicher Gesten. Ein wenig Haschen nach Blütenflaum war ihm aufregende Tätigkeit an der frischen Luft genug.

Zur Straße hin war die Wohnung laut, zum Friedhof düster, weil die Ligusterhecken aufgeschossen waren und zu viele zu große Bäume zu nahe standen, aber ihr Vater konnte am Geländer die wenigen Stufen in den Garten bezwingen und bei seinen geliebten Rosen sitzen. Als er noch rüstig war, hatte er seiner Ältesten gezeigt, wie man sie okulierte und zusammen hatten sie eine Ghislaine de Feligonde auf eine Heckenrose gepfropft, die mit langen Ranken, spärlichen Blüten und nach Licht ringend durch den Liguster die Friedhofsmauer hinaufgeklettert war.

»Du musst diese Fichten absägen, Lio«, sagte der alte Herr Sander, »sie sind viel zu groß und verschatten alles. Die Rosen brauchen Sonne und außerdem haben Nadelbäume im Garten nichts zu suchen.« Dann war er gestorben und Elinor war traurig und ratlos zurückgeblieben. Wie sie diese Fichten absägen sollte, ohne dass Haus, Dach und Garten oder die Friedhofsmauer zu Schaden kämen, war ihr unerfindlich. Es würde sie ein Vermögen kosten, das sie nicht hatte. Das Haus trug sich gerade so durch die Mieten.

Deshalb blieb nach dem Tod ihres Vaters alles, wie es war. Elinor radelte morgens zur Bibliothek, Heinz ließ sich im Garten nieder. So wenig wie der Fuchs aus seinem Revier entkommen konnte, so wenig Lust verspürte der Kater, das seine zu verlassen. Vermutlich kannten sie sich, aber sie sprachen nicht miteinander.

Der Garten stand ihm und Elinor nun allein zu. Das Ehepaar Bienfait im ersten Stock durfte einen Blick hinunter werfen; Frau Hensel im zweiten wohnte bereits in den Baumwipfeln. Bienfaits, von hugenottischer Herkunft, gleichwohl ebenso alt eingesessen wie die Sanders, hatten sich daran gewöhnt, dass Generationen von Mitbürgern ihren Namen distinktionslos frankfurterisch statt französisch aussprachen. Herr Bienfait, ein kleiner hagerer Mann, war in seinem aktiven Leben Ingenieur gewesen und revanchierte sich für die erschwingliche Miete mit kleinen Handreichungen wie dem Abdichten eines regendurchlässigen Dachfensters oder der Reparatur von Elinors Fahrradgangschaltung. Er nahm auch Pakete entgegen. Frau Bienfait, einen Kopf größer als ihr Mann, hätte Elinor gern im Garten zur Seite gestanden, aber sie musste sich mit ihrem halb verglasten Balkon begnügen, auf der sie Kamelien in Töpfen und Kübeln pflegte, die wegen des Baumschattens vorzüglich gediehen.

Frau Hensel im Stockwerk über ihr hatte sich weniger gut mit den Fichten arrangiert und bereits zum Werkzeug gegriffen, die Zweige, die an ihr Schlafzimmerfenster pochten, herangezerrt und abgesägt. Wie Elinor war sie eine Freundin der Literatur und beide liebten es, sich auf diesem Gebiet en passant und bei jeder Gelegenheit zu prüfen und einander zu übertreffen; allerdings hatte sich Frau Hensel bei der Lektüre ganz auf englische Romane des 19. Jahrhunderts geworfen, die ihr, wie sie sagte, ein Leben lang Anregung genug boten und das Zeitgenössische vollkommen in den Hintergrund drängten.

Die viktorianische Ära prägte auch alle übrigen Aspekte ihrer Existenz. Sie schlief in einem knarrenden Mahagonibett, frühstückte von englischem Porzellan (Spode Polka Dot) und sammelte gläserne Tintenfässer. Die Regale in ihrer Bibliothek stammten aus einem alten Schreibwarengeschäft im Frankfurter Nordend, das einer »Fromagerie« Platz gemacht hatte, und damit kein Zweifel an Frau Hensels präferiertem Jahrhundert aufkommen konnte, hing an prominenter Stelle über dem Chesterfieldsofa eine Reproduktion des Gemäldes von Winterhalter, das die junge Queen Victoria mit gelöstem Haar zeigte. Weder besaß sie einen Fernsehapparat, noch hatte sie sich mit virtuellen Formen der Kommunikation vertraut gemacht. Ihre Rede würzte sie gern mit englischen Wendungen, und zur Teestunde empfing sie ihre Freundinnen mit Kresseschnittchen und schottischen Mürbteigkeksen. Und obwohl Frau Hensel ihre Grille mit adäquatem Humor pflegte, hielten Männer es meistens nicht lange mit ihr aus; zu sehr glich ihr eigenes nachdrückliches Auftreten dem eines älteren Gentleman, und wenn sie das Haus verließ, kleidete sie sich in Weste und Gehrock und schwang einen Spazierstock mit silberner Krücke.

»Es ist ja bei mir wie auf der *Sturmhöhe*«, beschwerte sie sich bei ihrer Hausbesitzerin. »Irgendwann wird mir so ein Ast durch die Scheibe entgegenkommen.«

»So lange kein Gespenst mit eindringen will, sind Sie sicher«, gab Elinor zurück, aber jedes Mal wenn sie sich im Haus begegneten, erinnerten sie Frau Hensels strafender Blick und das Klopfen ihres Spazierstocks daran, dass sie noch immer nichts gegen die Bäume unternommen hatte.

Die drei Mansardenzimmer hatten die Sanders früher an Studenten der Fachhochschule untervermietet, die ihnen auf Dauer jedoch zu geräuschvoll waren. Ein angehender Erzieher hatte sich nicht entblödet, auf der Treppe nach Heinz zu treten, als der ihm vertrauensvoll um die Beine strich. Er wurde dabei beobachtet und mit seiner fristlosen Kündigung konfrontiert. Elinor legte die Kammern zu einer möblierten Wohnung zusammen, ließ eine Küche und ein winziges Bad unter der Dachschräge einbauen, bewahrte jedoch die breiten hellen Holzdielen und die Jugendstiltüren mit den Messingklinken und übertrug die Vermittlung einer Agentur, die ihr Männer auf Montage, gastierende Schauspielerinnen am Theater, durchreisende Datenschutzbeauftragte und andere Menschen mit befristeter Aufenthaltsdauer schickte. Gestern hatte ihr die Agentur telefonisch einen neuen Mieter angekündigt, einen Herrn aus Polen, Jankowski der Name, Dr. Simon Jankowski.

»Für wie lange?«, fragte Elinor.

»Nur sechs Wochen«, erwiderte die Agenturdame. »Ist das für Sie okay?«

»Ich berechne zwei volle Monate, wie Sie wissen. Was macht er?«

»Er ist irgendein Spezialist. Das Botanische Institut hat angefragt.«

»Spezialist wofür?« Ein Zögern. Offenbar suchte die andere etwas auf ihrem Bildschirm.

»Dendrologie«.

»Ah, Bäume!«, sagte Elinor erfreut.

*

Auch die Verfügung über das Gattertörchen, hinter dem an einem Sommerabend der Fuchs aufgetaucht war, stand ihr nun allein zu. Jeden Samstag, an jüdischen Feiertagen und nach Einbruch der Dunkelheit wurde der Friedhof abgeschlossen. Elinor erinnerte sich an Herrn Bacharach, der eine Kippa trug, und der früher mit dem Schlüsselbund herumgegangen war und abgesperrt hatte. Er hatte neben dem Hauptportal an der Rat-Beil-Straße in einem Bungalow gewohnt, in dessen Fenstern die Gardinen schon lange in Fetzen hingen.

Wenn Vater früher mit ihr an der einen und dem Stativ in der anderen Hand über den Friedhof spaziert war, um die Grabmale aus jedem Winkel und bei jedem Licht zu fotografieren, hatte er ab und zu bei ihm angeklopft. Herr Bacharach hatte dann Teewasser aufgesetzt und die beiden hatten eine Partie Domino gespielt, während Elinor noch einmal bei den Rothschilds und Schwarzschilds, den Oppenheimers, Landauers und Hallgartens vorbeigeschaut, die Rosen auf den Säulen, die schwarzsteinernen Tuchfalten und Fransen über den Sarkophagen und die weiße Marmorhand einer in der Erde versinkenden Gestalt gestreichelt hatte.

Damit sie einander auch abends Gesellschaft leisten konnten, hatte Herr Bacharach für Vater einen Schlüssel zu dem Eisentörchen in der östlichen Mauer nachfertigen lassen, das man vom Friedhof wie vom Garten her absperren aber nur von Sanders Seite aufklinken konnte. Als Herr Bacharach in Pension ging und kein neuer Pförtner einzog, war der Schlüssel bei Conrad Sander geblieben. Auf den Torpfosten wurden Überwachungskameras installiert und abends kam ein Herr von der jüdischen Gemeinde, parkte seinen roten Opel auf dem Kiesplatz hinter dem Hauptportal, sah kurz nach dem Rechten und schloss hinter sich ab. Inzwischen waren er und Elinor einander bekannte Gestalten, die sich von Ferne mit Handzeichen grüßten.

Sie wusste nicht, ob sie vom Auge der Kamera, die auf ihr Törchen gerichtet war, gesehen wurde und falls ja, von wem und ob ein Beobachter ihr den Zutritt verwehren würde, aber niemand schien sie zu bemerken oder Anstoß zu nehmen, und so öffnete sie, wenn die wenigen Besucher abends gegangen waren, ihr Törchen und wanderte durch die Platanenalleen und die Reihen schiefer Grabsteine, von denen sich einige mit der Stirn gegen ihren Baum gelehnt hatten und langsam mit ihm verwachsen waren. Niemand würde sie je voneinander trennen, denn in dieser Erde wurde nicht nach dreißig Jahren das Unterste wieder zuoberst gekehrt. Wer es bis hierhin geschafft hatte, blieb für immer ungestört.

Elinor, die vermeidbare Veränderungen ablehnte, fühlte sich bei jedem Gang vom Geist dieses unerschütterlichen Orts und seinen Geheimnissen umfangen. Sie bildete sich gern ein, der Tod sei zu vielen, denen man so rühmende Monumente gesetzt und so ehrende Inschriften gewidmet hatte, als Freund gekommen, und sie mied das unausgesprochene Grauen, das über den glatten hellen Steinen jener lag, die in den Vernichtungslagern umgebracht worden waren.

Zu einigen Grabmalen kannte sie die Geschichte und es gab solche, die sie immer wieder besuchte um Kiesel auf die Ränder zu legen, damit jene, die unter ihnen ruhten, nicht so ganz vergessen aussahen wie etwa die kleine Milly Cohn, die nur zwei Jahre alt geworden und deren Name fast nicht mehr zu lesen war. Elinor ging zu der mutigen Bertha Pappenheim, die ihr jüdisches Frauenheim gegen die Nationalsozialisten verteidigt hatte, und zu Lisa Rado unter ihrem kariösen Fundament aus verwitterten Ziegeln, einer Soubrette, an die sich niemand mehr erinnerte, obwohl bei ihrer Beerdigung an einem Januartag 1928 der Friedhof die Menge ihrer Verehrer kaum fassen konnte. Die Nazis hatten alle ihre Bilder und Schallplatten vernichtet.

Im Juni wehte der Duft der blühenden Linden an der Rat-Beil-Straße über den Friedhof. Im Herbst raschelten ihre Stiefel durch das dürre Laub, im Frühling standen die Grabmale in wilden Sternhyazinthen wie in blauen Teichen. Sie hoffte, dass die Flut der kleinen

Scillablüten einmal in den Garten hineinschwappen würde, und um ihren Strom zu beschleunigen, grub sie Dutzende von Zwiebelchen aus und steckte sie in ihre Beete.

Manchmal erblickte sie in der Dämmerung den Fuchs, der dreißig Schritte von ihrem Törchen entfernt hinter dem Grabmal der Familie Bing saß und auf sein Wasser wartete. Sie stellte die Blechschüssel neben den steinernen Pfosten, ohne ihn anzusehen, und ging ihrer Wege. Am leisen Scheppern merkte sie, dass er hinter ihrem Rücken vorbeigehuscht war. »Zähme mich«, dachte sie, aber dabei handelt es sich nur um ein literarisches Zitat. Er war ein wildes Tier, das sich einen fatalen Ort zum Leben ausgesucht hatte. Doch sie freute sich, ihn in ihrer Nähe zu wissen.

*

Am nächsten Morgen stellte sich der neue Mieter der Mansardenwohnung vor. »Simon Jankowski«, sagte er und verbeugte sich leicht mit altmodischer Höflichkeit, als deute er einen Handkuss an. Er hatte eine angenehme Stimme und sprach mit sanft knarrendem Akzent. Elinor sah einen großen Mann jenseits der fünfzig mit grauen Augen, graugesticheltem Haar und schmalen Wangen. Gärtnerbräune, dachte sie, die am Kragen und über den Ellenbogen aufhört. Weißes Hemd, Khakihose, Lederschuhe. Zu seinen Füßen lag ein Seesack, darüber eine abgetragene Barbourjacke. Er roch nach Zigaretten und seine Augen verrieten ihr, dass er trank. Hoffentlich benimmt er sich da oben, dachte sie.

Er sah eine alte Jungfer, noch schlank, noch ganz appetitlich, mit hohen Wangenknochen, die sie auch im nächsten Jahrzehnt noch gut aussehen lassen würden und einem Haarschopf, so fest, dass ein Pfeil darin stecken bleiben würde. Ihre Hände waren lang und elegant, ihre Augen von einem überraschend dunklen Blau. Sie kam ihm auf sein Klingeln im Vestibül entgegen, als habe sie ihn auf die Minute erwartet, einen Schlüsselbund in der Hand und so kühl wie die roten Kacheln an der Wand.

»Sander«, sagte sie, ohne ihm die Hand zu reichen, nickte und musterte ihn mit dem allersparsamsten Lächeln. Die kann mich nicht leiden, dachte er. Ein barsches Weib. Offenbar auf dem Kriegspfad. Nicht sein Fall.

»Ist das Ihr ganzes Gepäck?«

»Mehr habe ich nicht.«

»Dann hier hinauf, bitte.«

Nach dem zweiten Stock endete das gedrechselte Geländer. Eine einfache Dachbodentreppe führte zu einem kurzen Flur und einer alten Tür mit geriffelten Scheiben zwischen den Sprossen. Sie sperrte auf und er trat hinter ihr ein.

»Es ist eine Nichtraucherwohnung.«

»Gewiss.«

»Wohnzimmer, Schlafzimmer, im dritten Zimmer habe ich ein paar von meinen Büchern stehen. Wenn Sie etwas lesen wollen, können Sie sich gern bedienen. Küche und Bad sind da drüben. WLAN hier am Schreibtisch. Bettbezüge und Handtücher finden Sie im Schrank, Putzsachen in der Abseite.«

Er sah sich um. Bis auf das alte Ledersofa und eine antike Truhe, auf der das Fernsehgerät stand, waren die Zimmer mit schlichten hellen Möbeln eingerichtet, die nicht geeignet waren, das ästhetische Empfinden der wechselnden Mieter zu beleidigen. Im Schlafzimmer fiel sein Blick durchs Dachfenster auf die lebhaft schwankende Krone einer großen Fichte. Das entsprach nicht seinen Vorstellungen. Er hatte damit gerechnet, den Friedhof zu überblicken. Er deutete aus dem Fenster.

»Haben Sie keine Angst, dass er Ihnen mal aufs Dach fällt?« Sie lächelte und er sah Falten, die ihr gut standen.

»Ich weiß, diese Bäume müssten weg, aber ich habe keine Ahnung, wie ich das anstellen soll.«

»Da könnte ich Ihnen vielleicht raten.« Sie blickte ihn unschlüssig und, wie er meinte, ein wenig abschätzend an, hebelte dann das Fenster auf, schaute hinaus – warme Sommerluft strömte herein – zog es wieder zu. Keine Antwort. Wechsel des Themas.

»Sie kommen aus Polen?«, fragte sie, um nicht mit der dämlichsten aller Bemerkungen – Sie sprechen aber sehr gut Deutsch – ihre Bekanntschaft zu eröffnen.

»Ganz recht, aus Poznań, aber ich bin seit fünfundzwanzig Jahren in Deutschland unterwegs. Es geht immer hin und her.« Er bewegte die Hände und lächelte gewinnend.

»Und Sie sind Dendrologe?«

»In Kórnik am Arboretum.« Er sprach es mit kurzem E und rollendem R aus. »Mein Fachgebiet sind Magnolien. Ich verfolge hier am Botanischen Institut einen kleinen Forschungsauftrag zur Diversität von Magnoliaceae.«

»Oh, Magnolien. Wie schön. Leider nichts für meinen Garten. Zu dunkel.« Und als habe sie schon zu viel über einen geheimen Ort verraten, klappte sie den Mund zu, reichte ihm die Schlüssel, legte den Meldeschein auf den Tisch und wandte sich zur Tür. »Füllen Sie den bitte noch aus und bringen Sie ihn mir zurück. Ich wohne im Parterre. Klingeln Sie einfach«, und abschließend: »Der 32er Bus fährt übrigens bis zum Botanischen Garten. Die Friedberger Landstraße runter und rechts um die Ecke ist die Haltestelle.«

»Oh, danke, ja, sicher«, antwortete er und schloss die Tür hinter ihr. Noch ehe er den Seesack auspackte, streifte er die Schuhe ab, stieg aufs Bett, schob das Dachfenster hoch und lehnte sich hinaus. Es war sinnlos. Das ausladende Schieferdach versperrte ihm den Blick nach unten und statt auf den Friedhof sah er auf eine Kulisse eng stehender Fichten mit herabhängenden spärlich benadelten Ästen, die fast bis in die Spitzen von Efeu beklettert und umbuscht waren. Er stieg wieder ab, öffnete den Schrank, räumte ein paar Kleidungsstücke, ein Fernglas und eine große Taschenlampe hinein. Aus der Tiefe holte er ein mit Paketband umwickeltes Plastiksäckchen und legte es ins Eisfach des Kühlschranks. Als Nächstes kam eine Flasche mit Klarem zum Vorschein. Jankowski goss sich zwei Finger hoch Schnaps ins Zahnputzglas und trank seine Enttäuschung nieder. Das barsche Weib hatte recht. Die Bäume mussten weg.

*

Er nahm jeden Morgen um Viertel nach sieben den 32er und fuhr zum Botanischen Garten, kehrte gegen sechs mit einer Einkaufstüte zurück und ging nicht mehr aus. Er brachte keinen Besuch mit und es kam auch keine Post für ihn, die Elinor auf den Tisch im Vestibül hätte legen können. Dem Meldeschein entnahm sie, dass der polnische Staatsbürger Szymon Jankowski drei Jahre jünger als sie und in Poznań, dem ehemaligen Posen, geboren war. Weitere Auskünfte über seinen Stand oder seine Person gab es nicht. Doch dann meldete sich Frau Hensel aus dem zweiten Stock bei Elinor:

»Der neue Mieter raucht zum Dachfenster raus. Der Qualm zieht bis in meine Küche.«

»Über den Luftraum habe ich leider keine Gewalt, Frau Hensel.«

»Aber vielleicht wäre ein ernstes Wort angebracht.«

»Ich bitte Sie! Wir sind doch erwachsene Menschen.«

»Ich denke oft an Manderley«, warnte Frau Hensel.

»Das war Brandstiftung und fällt außerdem nicht in Ihr Jahrhundert.«

Frau Hensel war beleidigt, aber Elinor verfolgte

eigene Pläne mit Simon Jankowski, die ernste Worte vorläufig ausschlossen. Eine Woche nachdem er eingezogen war, sprach sie ihn an, als er morgens die Treppe herunterkam. Sie passt also auf, dachte er, sie hat hinter der Tür auf mich gelauert.

»Wegen des Rats, den Sie mir geben wollten, Herr Dr. Jankowski«, sagte Elinor nach kurzem Gruß, und auf seinen fragenden Blick: »Es geht um die Bäume, die Fichten hinter dem Haus. Sie machen alles so düster und ich würde sie gern absägen.«

»Kein Problem. Das kann ich für Sie erledigen. Ich brauche aber eine helfende Hand.«

»Mich?«

»Wenn Sie ein bisschen Mumm in den Knochen haben?«

»Zweifeln Sie daran?« Diesmal nahm er sich heraus, sie ein wenig abschätzig zu mustern. Mit diesen Händen konnte sie vielleicht blühende Kirschzweige in einer Vase anordnen, aber keine Stämme wegräumen.

»Ich dachte eher an einen Holzfäller. Es ist kein leichter Job.«

»Ich denke, wir schaffen das. Brauchen wir eine Kettensäge? Haben Sie vielleicht eine?« Der Geist eines Lächelns streifte seine Mundwinkel.

»Ich habe eine Kettensäge, aber nicht hier. Außerdem müssen wir warten. Vor Ende September darf man keine Bäume fällen, wegen der Vögel.«

»Nicht mal diese furchtbaren Fichten? Da nistet kein einziger Vogel drin.«

»Das weiß man nicht«, sagte er. »Kann ich sie mir heute Abend einmal ansehen?«

So kam es, dass Simon Jankowski Elinors Garten betrat, als die Sonne tief im Westen stand und die Platanen auf dem Friedhof ihre gefleckten Schatten über die Mauer warfen. Der Fuchs, der hinter dem Grabstein der Familie Bing gewartet hatte, machte sich aus dem Staub, als er ihre Stimmen hörte.

Es war ein alter Garten, dicht bepflanzt, und alles darin strebte in die Höhe. Durch seine Mitte führte ein breiter, im Fischgrätmuster verlegter Ziegelweg, der von einer ganzen Batterie großer Blumentöpfe, die offenbar immer der Sonne hinterher gerückt wurden, gesäumt war.

Auf dem ebenfalls mit Ziegeln gepflasterten Platz, wo früher der Pavillon das Zentrum des Gartens gebildet hatte und es am hellsten war, standen ein runder Eisentisch und einige Korbstühle. In einem hatte Heinz sich niedergelassen. Jankowski kraulte ihn zur Begrüßung hinter den Ohren, was sowohl der Kater als auch seine Herrin gut aufnahmen. Sie hatte, um sich gastlich zu erweisen, ein Tablett mit Eistee und zwei Gläsern auf den Tisch gestellt.

Jankowski ließ sich Zeit und während er mit Blicken zu messen und im Kopf zu rechnen schien – die Höhe der Bäume, den Abstand zum Haus und zur Friedhofsmauer –, nahm er alles andere ebenso gründlich wahr. Zu viel, zu dicht, zu düster. Der Liguster müsste als Erster dran glauben. Und der Efeu, der über die Mauer gekrochen kam. Er konnte Efeu, diesen Würger alter Bäume, nicht ausstehen.

»Ein Schattengarten«, sagte er lächelnd, »aber Sie haben wirklich das Beste draus gemacht: einen weißen Garten. Kompliment, Frau Sander.« Er schlenderte ihr auf dem Ziegelweg hinterher.

»Das hier ist mein Gehölz«, sagte sie und wedelte mit der langen Hand in eine dunkle Mauerecke, wo sich weiß gestreifte Funkien unter Azaleen und einem japanischen Fächerahorn ausgebreitet hatten.

»Eine schöne panaschierte Sorte«, sagte er »und die Kletterhortensie gedeiht wunderbar in dieser Ecke. Die weiße Dahlie – ein Bishop?«

»Bishop of Dover«, bestätigte Elinor und lächelte zurück. Nichts leichter, als eine Gärtnerin mit einem detaillierten und qualifizierten Lob ihres Gartens um den Finger zu wickeln. Sie widerstand der Regung, sich für mangelhaftes Wachstum und spärlichen Blütenflor zu entschuldigen. Natürlich sah der Garten im Juni besser aus als jetzt, Ende August, aber die Hortensien machten wett, was die Rosen schuldig geblieben waren. Inseln aus weißem Phlox, Löwenmäulchen und Dahlien, gefleckte Tigerlilien und die ersten Herbstanemonen leuchteten im Schatten. Bald wird es heller, meine Lieben, sagte sie in Gedanken zu ihnen, nur noch vier Wochen, dann kommt dieses Gestrüpp hier weg. Ihr werdet wachsen wie die Teufel!

Während sie Eistee einschenkte und ihm ein Glas reichte, musterte Jankowski die Mauer. Die Kamera auf dem Torpfosten war ihm nicht entgangen. Er blieb neben dem Tisch stehen und spähte durch die Eisenstäbe.

»Was ist das für ein Friedhof?«

»Der alte jüdische. Er wurde bis 1929 belegt. Es sind über dreißigtausend Gräber, darunter ein paar sehr eindrucksvolle von berühmten Leuten. Die Frankfurter Rothschilds sind da begraben, der Nobelpreisträger Paul Ehrlich, der Verleger Sonnemann, die Frauenrechtlerin Pappenheim und noch andere. Auch die Großeltern von Anne Frank. Würden Sie ihn gern sehen? Ich habe einen Schlüssel.«

»Dreißigtausend Gräber!«, sagte Jankowski und schluckte. »Wie interessant!« Er schwieg einen Moment, dann lächelte er. »Sehr freundlich von Ihnen, Frau Sander, ich danke Ihnen. Ich würde den Friedhof gern sehen. Wann immer es Ihnen passt.«

So ist's recht, dachte Elinor. Alte Schule. Sie räumte die leeren Gläser zusammen. »Dann gehen wir doch jetzt«, bestimmte sie. »Es ist ein schöner Abend, noch lange hell. Ich hole nur rasch den Schlüssel.«

Als sie mit dem Tablett im Haus verschwunden war, packte Jankowski den an der Mauer lehnenden Rechen und schob den Stiel unter die Kamera auf dem Pfosten. Zunächst widerstanden die Schrauben im Scharnier dem Druck, doch er gab nicht nach und Sekunden später hob sich der lange Metallkasten um einige Zentimeter und gerade so weit, dass sein Auge nicht mehr auf das Gattertörchen sondern darüber hinweg sah. Jankowski stellte den Rechen zurück, steckte die Hände in die Hosentaschen und warf dem Kater einen Blick zu.

»Das hast du nicht gesehen!«, sagte er leise auf Polnisch. Heinz verstand. Er schlug seine Vorderpfoten unter und kniff die Augen zusammen.

*

Bibi war dem Künstler Nelson nach seiner letzten Performance im Atelierhaus, einem leerstehenden ehemaligen Bürogebäude in Untersendling, nähergekommen. Zwar teilten sie sich seit ein paar Monaten den schäbigen gelben Kasten aus den sechziger Jahren mit einer Bildhauerin, einem Comiczeichner, zwei Malern und einer Fotografin, aber Bibi hatte Nelson zuvor noch nie in Aktion erlebt. Während sie im Erdgeschoss ihre dinkelgefüllten Sofakissen nähte, Hüte filzte, Teppiche flocht und indianische Traumfänger herstellte, baute er im dritten Stock geheimnisvolle Objekte.

Vor kurzem war eine Werbeagentur in die erste Etage gezogen, deren Mitglieder sich ebenfalls zu den Kreativen rechneten, nach Ansicht der Ateliergemeinschaft jedoch in die Abteilung Reklamefuzzis und Vorhut einer unguten urbanen Entwicklung fielen und von den Kunstausübenden geschnitten wurden – ein Bann, der auch die Fotografin traf, als sie sich von ihrer Truppe entfernte und mit einem der gescheitelten Herren in den kleinen Anzügen ein Verhältnis anfing.

Nelson arbeitete in Metall und inszenierte zusammen mit einem Posaunisten Kunst mit Geräusch. Ihr neues Projekt führten sie im Hof des Atelierhauses auf, eine Installation aus eisernen Trossen, Geländern, Pfannen, Drahtkleiderbügeln, einem rostigen Ofen, einer Schwimmbadleiter und dem Untergestell einer Nähmaschine, begleitet von einer Toncollage aus Presslufthämmern, Fahrradklingeln, wiederholter Toilettenspülung, der Kommandostimme einer Fitnesstrainerin und noch anderen Tönen, die Bibi nicht eindeutig zuordnen konnte. Durch die Kakophonie tutete die Posaune und sprach Nelson dunkle Worte mit A: »Ambulanz – Badeunfall – Laderampe – Wartenummer – Impulsreferat – Abendandacht – Gedankenfurz – Grabenkampf.« Bibi fühlte sich durch den wundervollen Radau und Nelsons sonore Stimme vollkommen entrückt, wie sie ihm strahlend gestand, in eine Welt ohne Hierarchien, in der alles gleich wichtig war und etwas miteinander zu tun hatte.

Sie saßen zusammen mit den anderen Künstlern im Hof auf den Stufen und tranken Bier aus Flaschen. Das übrige Publikum hatte sich rasch verlaufen. Nelson breitete seine gestählten Arme aus und sprach von einem Experimentierfeld im Freiraum und Bibi hatte nichts dagegen, sich ihm als ein solches zur Verfügung zu stellen.

Sie war eine begabte und geschickte Textildesignerin, aber sie litt darunter, dass sie »natürlich keine richtige Kunst« schuf, und fühlte sich Nelson, den beiden Malern, der Bildhauerin und dem Posaunisten gegenüber immer ein wenig im Hintertreffen. »Ich stümpere nur so herum«, sagte sie zu ihren Freunden, denen dieses Beifallheischen auf die Nerven ging. Nur Nelson schien sich unangefochten ihrer eigenen Herabsetzung zu erfreuen. Er war ein großer, etwas dröhnender Mann, der viel lachte, zu allem eine Meinung hatte und rasche Urteile fällte, während Bibis kleiner beweglicher Mund einen Strom halber Sätze formulierte, die alle mit einem Fragezeichen oder dem Wunsch nach Trost und Bestärkung zu enden schienen. Als seine Geliebte gewann ihr Selbstbewusstsein an Festigkeit und sie begann, sich ebenfalls in entschiedenen Bemerkungen zu gefallen.

»Mein Herzallerliebster kommt mit«, zwitscherte Bibi ins Telefon. »Das ist doch okay, Lio, oder? Wir haben ja genügend Platz im Haus.«

»Dein Herzallerliebster?« Elinor fühlte sich von der Formulierung leicht belustigt und von der Vorstellung zutiefst beunruhigt. »Damit hatte ich nicht gerechnet. Wer ist das?«

»Das ist Nelson, eigentlich heißt er Horst, also Nelson ist sein Künstlername und er macht unheimlich spannende Performances, eigentlich alles, auch Objekte und er hat schon total geile Kritiken bekommen.«

»Seit wann geht das? Ist es was Festes?«

»Oh, ja«, sagte Bibi weich. »Wir sind seit sieben Wochen zusammen. Weißt du, Lio, es ging ja bisher immer irgendwie in die Hose, wie das mit Stefan letztes Jahr und diese Geschichte mit Michi, weißt du noch, oh, Mann, ich darf gar nicht dran denken, so ein Arsch, und Nelson ist einfach Mr. Right. Wir sind total echte Seelenverwandte und ich kann gar nicht ohne ihn aus München weggehen. Unmöglich. Das findet er nämlich auch. Er ist einfach voll süß und so lustig und mordsstark, denn er wuchtet ja den ganzen Tag diese schweren Teile rum. Ach Lio, ich bin total glücklich. Er wird dir gefallen.«

»Wenn du meinst«, sagte Elinor. Ihr gefielen die wenigsten Menschen. »Die Hälfte des Hauses gehört dir. Du kannst nach Gutdünken darüber verfügen.« Das wusste Bibi natürlich, aber als Elinor auflegte, fragte sie sich, warum sie ihre Schwester daran erinnert hatte.

Vater hatte gewollt, dass die beiden sich vertrügen und die kleine Bibi ihren rechtmäßigen Anteil an seinem Erbe erhielt, aber dass er ihr, die ihm so viel vertrauter war, testamentarisch nicht ein kleines bisschen mehr Verfügung über das Blauhaus eingeräumt hatte, kränkte Elinor. Sie begann, seine beiden Zimmer auszuräumen; fühlte, es war zu früh, fühlte, dass sie Bibi nicht vergeben würde, ihr diese Eile aufgenötigt zu haben. Von der Sessellehne nahm sie seine Brille und rieb die Gläser gedankenverloren an ihrem Ärmel blank.

Der alte Herr Sander hatte weder an Erbstücken noch an Sammlungen gehangen und sich mit zweckmäßigen Möbeln umgeben, aber alles, was er gebraucht und geschätzt hatte, war noch da, die Kameras, das Stativ, sein Plattenspieler und die LPs von Chet Baker, Gerry Mulligan, Bessie Smith …, auf der Fensterbank die Töpfe mit den Sukkulenten, im Regal die Mappen mit den Fotos, auf dem Schreibtisch die Patiencekarten und das seegrüne Paperweight, das die wichtigen Papiere beschwerte. Zuoberst lag seine Jahreskarte für den Palmengarten. Elinor steckte sie ein.

Früher waren sie dort oft hingegangen; Elinor an Vaters Bein gedrückt, Bibi auf seinen Schultern – mach dich klein! –, zusammen durch das Drehkreuz an der Miquelallee getrippelt, zweieinhalb zum Preis von einem; im Frühling, wenn in der Wiese Hunderte von winzigen blauen Zwergiris mit gelben Zungen die Sonne aufleckten, im Sommer, wenn die Rosen blühten und ein blauer Schleier von Disteln, Natternkopf und Skabiosen über der Steppe schwebte, im Herbst zu den Dahlien und dem quittengelben Tulpenbaum, der neben einer Scharlacheiche loderte, und im Winter, wenn sie die Tür zu den Mangroven hinter sich zuschlappen ließen.

Bibi wollte mit der Bimmelbahn durch den Park fahren, das bronzene Reh streicheln oder auf dem Spielplatz Matschpampe anrühren, aber Elinor ging mit Vater durch die Gewächshäuser, ins Tropicarium und in die Subantarktis, zu Seerosentellern, die ein Kind tragen konnten, aber selbstverständlich nicht geentert werden durften, in die Wüste und zum Wasserfall. Es gab interessanten fliegenfressenden Sonnentau und fastende Sukkulenten, Papageien im Palmenhaus, eine chinesische Nachtigall im Nebelwald und draußen auf der Wiese Perlhühner im Tüpfelkleid. Später, als Elinor ihn an den Werktagen nicht mehr begleiten konnte, nahm Herr Sander den 32er Bus, trippelte allein durch das

Drehkreuz an der Miquelallee und ließ sich von der Bimmelbahn durch den Palmengarten fahren.

Sie packte seine Sachen in zwei Kartons und trug sie in ihre Wohnung hinüber. Die brauchbaren Kleider würde sie zur Obdachlosenhilfe fahren. Alles andere musste verschwinden, ehe Bibi und ihr Herzallerliebster auftauchten. Sie hoffte, dass ihre Schwester, die vor über zehn Jahren mit nicht viel mehr als ihrer Nähmaschine, zwei Reisetaschen und einer Stoffkiste ausgezogen war, die praktischen Möbel zu schätzen wüsste. Aber die Vorstellung, ein Mann namens Horst Nelson, der hier in Kürze ebenfalls logieren würde, und zwar mietfrei, könnte sich in Vaters Ledersessel lümmeln, schmerzte sie und sie beschloss, Simon Jankowski am Abend zu bitten, den Sessel mit ihr hinauf in die Mansarde zu tragen und im dritten, dem Bücherzimmer abzustellen.

Sie passte ihn im Vestibül ab und noch ehe er seine Einkaufstüte abstellen konnte, hatte sie ihn in die Wohnung gelotst und ihr Vorhaben erklärt.

»Am besten gleich«, sagte sie. »Sie brauchen dann gar nicht erst raufzugehen und wieder runterzukommen.« Er blickte sie schweigend und ablehnend an.

»Ich weiß, das ist Wegelagerei und ich habe auch gar nicht das Recht, in Ihre Wohnung reinzumarschieren …«

»Aber Sie gedenken es zu tun, nicht wahr?« Elinor, die keineswegs so glatt und kühl wie eine Wandkachel war, sondern äußerst reizbar, ging diese Widerspenstigkeit sofort gegen den Strich.

»Nur ausnahmsweise. Ich bitte Sie, Herr Dr. Jankowski.«

»In einer halben Stunde, Frau Sander, wenn Sie gestatten.« Er ergriff seine Tüte, in der es leise klirrte, und stieg die Treppe hinauf.

Elinor nahm die gerahmten Aufrisse der blauen Häuser, die ihr Urgroßvater Conrad gebaut und ihr Vater Conrad in Ehren gehalten hatte, von der Wand und lehnte sie gegen das Regal; davor fünf große Schwarzweißabzüge der Grabmale auf dem jüdischen Friedhof, die er zu allen Jahreszeiten fotografiert hatte. Auf einem Winterbild mit verschneiten Eiben waren auch sie und Bibi neben einer von steinernen Rosen umschlungenen abgebrochenen Säule zu sehen; Elinor in einem doppelt geknöpften Redingote mit Samtkragen, Bibi, klein und niedlich in einem Lodencape; schelmisches Lächeln in den Mundwinkeln, Pausbacken, Knopfaugen, blonde Kringel, darüber ein weißes Angoramützchen.

Wann war aus diesem lustigen Wichtel die unfrohe Bibi geworden? Bibi, die Elinor mit ihrem albernen Gerede auf die Nerven ging. Bibi war blank. Bibi bekam keinen Kredit. Bibi litt an einer Laktose-Unverträglichkeit. Und jetzt auch noch Pollen. Bibis Hausbesitzer betrog sie mit den Heizkosten. Bibi hatte auf einer Party einen prominenten Künstler getroffen, was ohne Konsequenzen geblieben war, postete aber ein Foto mit ihm, auf dem sie besonders unvorteilhaft aussah. Bibi wollte ihren Pilates-Workshop abbrechen und dafür eine Diät beginnen, die ihr verbot, vor elf Uhr zu frühstücken, und das sollte Lio unbedingt auch tun, oder nicht tun. Ihre Blutwerte hätten sich total verbessert.

Elinor hätte auf alles einen Rat oder eine Antwort gehabt, aber sie wusste, dass Bibi ihr auf jeden Fall widersprechen würde, ein Geist, den sie zu Recht auf ihre eigene Gewohnheit zurückführte, das letzte Wort gegenüber der kleinen Schwester behalten zu wollen. Es war einfacher, nichts zu sagen und die Jüngere zu ertragen. So redete Bibi immer weiter ins Telefon und tat, als bemerke sie Elinors Schweigen nicht. Wann haben wir aufgehört, miteinander zu sprechen, und angefangen, uns nur noch anzuöden?, dachte Elinor. Wir waren uns doch einmal so nah. Vielleicht können wir wieder richtige Schwestern werden, wenn sie erst einmal zurück ist. Und vielleicht machte Nelson, der Künstler, die Kleine wirklich glücklich und war gar kein so übler Bursche.

Anstatt zu klingeln, klopfte Simon Jankowski an die Tür.

»Jetzt habe ich beide Hände frei«, sagte er und zeigte sie vor. Elinor roch, dass er getrunken hatte; eine ungesunde und sehr unerfreuliche Angewohnheit, die sie missbilligte. Sie ging ihm ins Arbeitszimmer voraus. Jankowski steckte die freien Hände erst einmal in die Hosentaschen und beugte sich zu den Schwarzweißfotos hinunter.

»Das sind Sie«, sagte er mit Kennerblick zu dem Mädchen im Redingote. »Und die andere?«

»Meine Schwester Fabienne. – Können wir, Herr Dr. Jankowski?« Er überhörte den Befehl.

»Haben wir gestern Abend diese Säule mit den Rosen drumherum gesehen? Ich erinnere mich nicht.«

»Nein, sie steht auf einem Seitenweg an der Zwischenmauer zum orthodoxen Friedhof. Gehört auf ein Kindergrab, Ruthchen Feibelmann, wenn ich mich recht erinnere.«

*

Sie waren am Abend zuvor so lange auf dem jüdischen Friedhof herumgestrichen, bis sie die Inschriften nicht mehr entziffern konnten. Ein leiser Wind hatte die Blätter bewegt, aber auch nachdem die Sonne untergegangen war, wollte die Hitze des Tages nicht verfliegen. Auf den Wegen zerbrach die Rinde der Platanen wie Scherben unter ihren Füßen. Die Stadt, nie ganz dunkel und nie ganz still, brandete an die lichtlose Insel, auf der nur Elinor und Jankowski und eventuell der Fuchs herumspazierten. Aus den Fenstern entlang der Rat-Beil-Straße fiel heller Schein und von einem Balkon mit einer bunten Lampionkette klang Gelächter herüber.

Sie hatte gleich jenseits des Törchens mit ihrer Führung begonnen, hinter der von üppigem Efeu überwucherten Backsteinmauer und den engen Reihen der schlichten, schwarzen orthodoxen Grabsteine mit den hebräischen Schriftzeichen, und sich bis zum westlichen Ende, zum Portal und den prunkvollen Monumenten der Rothschilds durchgearbeitet. Er war an viele herangetreten, um die Namen zu lesen.

»Suchen Sie jemanden Bestimmtes?«, hatte Elinor lachend gefragt und Jankowski war zurückgewichen.

»Die Sterbedaten«, sagte er. »Ende der Zwanziger. Es sieht aus, als hätten manche von ihnen gerade noch rechtzeitig die Kurve bekommen, ehe die Nazis über die Juden hergefallen sind.« Elinor, die ebenso dachte, wurde von einem geneigten Gefühl überrascht und für eine Weile herrschte Frieden zwischen ihnen, jedenfalls eine Art von Frieden.

Als sie durchs Törchen zurück in den Garten traten und Jankowski anfing, in seinen Taschen zu kramen, bat sie ihn um eine Zigarette. Er klappte erstaunt seine Schachtel auf – flach, filterlos, ägyptischer Tabak – und gab ihr Feuer.

»Ich dachte, dies sei ein Nichtrauchergarten.« Der Tabak knisterte.

»Manchmal ist mir noch danach«, sagte Elinor paffend. »Die habe ich früher auch geraucht; Finas, sehr gutes Kraut. Gibt's bei uns gar nicht mehr.« Der erste Zug fuhr ihr wie ein Sturm durch den Kopf und ihr schwindelte. Jankowski zog einen Korbsessel für sie heran. So saßen sie schweigend nebeneinander, bliesen aromatischen Rauch in die linde Nachtluft, hörten ein Käuzchen rufen und Elinor wurde sich der Intimität der Lage und seiner maskulinen Gegenwart empfindlich bewusst; ein Fremder im Korbstuhl neben ihr. Er lehnte sich zurück und streckte die langen Beine aus, aber er wirkte keineswegs entspannt; ein flüchtiger Gast, der ihren Garten für immer verändern, ein Magnolienexperte, der sieben zwanzig Meter hohe Fichten fällen würde – das nervenzerfetzende Jaulen der Motorsäge, Äste, die krachend niedergingen, zerstörerische Materie. Der Garten meterhoch unter totem Nadelholz begraben; ihre Hortensien zerschmettert, die Rosen erschlagen, die Clematis zerrissen, die Arbeit von Jahren zunichte. Wie hatte sie es nur über sich bringen können, ihn zu fragen?

Heinz erschien auf dem Ziegelweg, wurde von der herabhängenden Hand seiner Herrin begrüßt und rieb sich an ihren nackten Beinen. Aber Katzengeschäfte oder Jankowskis nervöse Aura trieben ihn weiter und sein aufgestellter Schwanz verschwand zwischen den hohen Stengeln der weißen Herbstanemonen. Elinor drückte ihre Zigarette aus, als sie einen Schatten auf dem Weg jenseits der Mauer gewahrte, erhob sich wortlos, füllte die Wasserschüssel und stellte sie vor das Törchen.

»Das ist für meinen Fuchs«, erklärte sie. »Er findet sonst nichts zu trinken.«

»Verstehe«, antwortete er spöttisch, »I h r Fuchs.«

Schon war es wieder vorbei mit dem Frieden.

Jetzt starrte Jankowski auf das Foto der beiden Mädchen an der abgebrochenen Säule. Ein Seitenweg – verdammt! Koszyk hatte seine Anweisungen in letzter Minute geändert.

»Kein auffallendes oder prominentes Grab, Szymon, sondern irgendeins, ein Mädchen, Ruthchen Feibelmann. Kannst du nicht verfehlen.« Aber sie war eine unter dreißigtausend, und er hatte sie verfehlt. Nun blieben ihm nur noch ein paar Tage, um sie zu finden und seinen Auftrag auszuführen. Eine Säule an der Mauer zum orthodoxen Teil, so viel immerhin. Und eine Eibe. Der Mann aus Antwerpen, dessen Gesicht er nicht kannte und dessen Namen Koszyk ihm nicht genannt hatte, würde in der zweiten Septemberwoche in Frankfurt eintreffen. Würde er von ihm hören? Wann und wo?

»Das musst du nicht wissen, Szymon. Der Kurier weiß Bescheid. Er kennt das Grab. Kümmere du dich um Ruthchen Feibelmann; ich kümmere mich in Kórnik um deine Magnolien.«

»Das wirst du nicht wagen!«

»Scheiß dir nicht ins Hemd, Alter. Wenn du alles richtig machst, passiert ihnen nichts.«

»Herr Dr. Jankowski, können wir jetzt?« Sie stand hinter dem Ledersessel und ihre langen Finger strichen ungeduldig über die Lehne.

»Wie? Ja, selbstverständlich. Soll ich vorn anpacken?«

»Wenn Sie so freundlich sein wollen.«

Sie hatten sechzig Stufen zu bewältigen und auf jedem Treppenabsatz mussten sie ihre Last abstellen und länger verschnaufen. Mit ihrem Mumm war es nicht weit her, sah Elinor ein.

»Geht's noch?«, fragte Jankowski im zweiten Stock.

»Tut mir leid, ich hatte mir das leichter vorgestellt.«

»Tatsächlich, ein richtiger Trümmer, sagt man so?«

»Trumm – ein wahrer Trumm von einem Sessel. Er hat meinem Vater gehört.« Sie berührte das Leder. »Aber er wird jetzt nicht mehr darin sitzen. Meine Schwester zieht bei mir ein und bringt ihre eigenen Möbel mit – nehme ich an.« Sie hatten den Vorplatz von Frau Hensels Wohnung erreicht. Elinor hockte sich auf die Sesselkante und knetete ihre geschundenen Hände. Jankowski lehnte am Geländer.

»Dann … Ihr Herr Vater ist nicht mehr?«, fragte er vorsichtig.

»Nein, er ist vor fünf Wochen gestorben.« Eine Pause. Elinor betrachtete ihre Fingernägel.

»Sie arme Frau«, sagte er einfach, »das tut mir sehr leid.«

Seine Worte trafen sie in einem schwachen Augenblick. Von der Anstrengung außer Atem und mit schmerzenden Händen, war sie auf die Hinwendung Jankowskis, der aussprach, was sie fühlte, aber mit niemandem teilen konnte, nicht gefasst. Sie war eine arme Frau, denn sie hatte ihren Vater verloren. Sie fühlte sich arm; beraubt und alleingelassen. Die Kehle wurde ihr eng und plötzlich brannten Tränen hinter den Augen.

»Ich komme ganz gut zurecht; nur, wenn ich seine Sachen vor mir sehe und soll das alles … dann, dann …«

In der Wohnung rasselte eine Kette und Frau Hensel öffnete ihre Tür. Sie trug einen viktorianischen Morgenrock aus Shantung Seide; schwarz mit rosa Pfingstrosen und grünen Pfauen und trotz der sommerlichen Wärme ein Paar rote Skisocken in den Pantoffeln.

»Aha!«, sagte sie streng und sah ihnen nacheinander lange und fest ins Gesicht. »Guten Abend, Frau Sander – Mr. Heathcliff I presume. Was machen Sie denn hier? Wollen Sie zu mir?« Dann musterte sie eingehend das Möbel. »Sie ziehen um?« – Der Augenblick war vorbei.

»Nur den Sessel in die Mansarde.«

»Viel Vergnügen«, sagte Frau Hensel, »good speed«, und schloss die Tür mit Nachdruck. Sie sahen sich an. Jankowski grinste.

»Keine große Hilfe. Kommen Sie, das schaffen wir jetzt auch noch. Good speed indeed!« Er lockerte die Schultern in einer sehr ansprechenden geschmeidigen Bewegung. »Fassen Sie mal da hinten an, dann geht es leichter«, riet er.

Auf den letzten Stufen konnte sie den Sessel nicht mehr halten und Jankowski zerrte ihn allein bis vor seine Tür. Zusammen schoben sie ihn durch bis ins letzte, das Bücherzimmer, Elinor keuchend und mit zitternden Knien. Es dauerte eine Weile, bis sie wieder zu Atem kam und sich aufrichtete.

»Wie ich schon sagte, Sie können sich gern ein Buch ausleihen und, ja« – sie wedelte mit der Hand zum Sessel hin –, »es sich hier auch gern bequem machen.« Warum sich Jankowski möglicherweise, Bibis Herzallerliebster aber auf keinen Fall im Sessel ihres Vaters lümmeln durfte, darüber musste sie bei Gelegenheit einmal nachdenken. Jetzt sprach erst einmal Jankowski.

»Vielen Dank. Das habe ich schon getan – ich meine,

mir etwas ausgeliehen. Interessante Bücher haben Sie.« Er nahm einen Bildband vom obersten Bord. »Sehen Sie mal, was ich gefunden habe. *Das Arboretum von Kórnik*. Ist von mir; ich hatte keine Ahnung, dass es auch auf Deutsch erschienen ist.« Er reichte ihr das Buch.

»Wirklich? Von Ihnen? Wo kommt das denn her? Ich hatte keine Ahnung, dass es hier oben steht.« Sie schlug es auf, blätterte die Seiten um, schaute, las.

»Meine Güte, ist ja riesig, über dreitausend Arten. Was für prachtvolle Rhododendren und Azaleen! Und elegante Birken. Sind Ihre Magnolien auch vertreten?«

»Oh, ja, sie sind berühmt; vor allem meine Yulan-Magnolie – ein großer Baum, sehr alt, fast hundert Jahre, und ein bisschen empfindsam – frostempfindsam.« Er schaute an ihr vorbei. »Ich hoffe, es geht ihr gut.« Wie verlegen er plötzlich war. Elinor unterließ es, ihn auf den Unterschied zwischen empfindsam und empfindlich hinzuweisen. Sie verstand, dass es jetzt an ihr war, Beileid auszusprechen.

»Sie vermissen Ihre Magnolie, nicht wahr? Wie sieht sie aus?«

»Sie blüht weiß mit violetten Staubblättern; sehr schön. Und sie duftet ein wenig nach Zitrone.«

Auch dieser Augenblick ging vorbei. Elinor klappte das Buch zu.

»Kann ich es wieder mit nach unten nehmen?«

»Es ist Ihr Buch.«

»Es muss meinem Vater gehört haben. Er war ein

großer Baumversteher. Nur Fichten im Garten konnte er nicht leiden.«

»Ehre Ihrem Vater«, sagte Jankowski. »Darf ich Ihnen jetzt einen Wodka anbieten?« Elinor lächelte.

»Ich glaube, das wäre genau der passende Augenblick, Herr Dr. Jankowski.«

»Simon«, sagte er, kam mit der Flasche und zwei Gläsern aus der Küche zurück, goss ein und reichte ihr ein Glas. Sie standen um den Sessel und prosteten sich zu.

»Ich bin Elinor«, sagte Elinor. »Dankeschön«. Sie kippten den Wodka. »Dankeschön, Simon«.

*

Am Abend des nächsten Ersten fuhren Bibi und Nelson in einem alten Transporter vor. Bibi stieß die Tür des Beifahrersitzes auf, sprang heraus und lief mit schlingernden Hüften und einem kleinen exaltierten Schrei auf Elinor zu, die ihr auf der Treppe entgegenkam. Es war ein heißer Tag. Elinor trug ein hellblaues Leinenkleid und goldene Ohrringe, Bibi einen weiten indischen Rock und ein Trägerhemdchen, unter dem etwas ins Rutschen geraten war, das sie unterwegs energisch zurechtstrappte.

»Oh, Mann, Lio, ich schwimme schon wieder im eigenen Saft!«

»Willkommen zu Hause, Bibi. Schön, dass du wieder da bist. Wie war die Fahrt?« Elinor nahm das üppige feuchte Fleisch ihrer Schwester vorsichtig in die Arme. Sie hat sich kein bisschen verändert, dachte sie, immer noch dieselbe überschwängliche Bibi, immer noch dasselbe glatte Mondgesicht, das nicht erwachsen wird.

Nelson hatte sich neben dem Wagen aufgebaut, ein großrahmiger Mann mit langen, ergrauenden Locken, die ihm vom Mittelscheitel über die Schultern wallten, und einem kurzen, noch schwarzen Bart. Er trug Latzhosen und kein Hemd und aus seinem Mund kam ein tiefes, lautes Lachen, als er die Arme ausbreitete und seinerseits Elinor fest umschloss. Er roch leicht metallisch und wie ein Mann, der an einem heißen Sommertag stundenlang halb nackt in einem schrömmeligen Transporter gesessen hatte.

Elinor komplimentierte die beiden in den Garten, wo Teller und Gläser, Brot und Salat, kaltes Huhn und eine Karaffe mit Eistee auf dem Tisch standen. Das Eis war geschmolzen. Bibi ließ sich in den Korbsessel plumpsen und warf den Kopf in den Nacken, den Blick in die Baumwipfel gerichtet.

»Oh, Mann, wie geil ist das denn! Endlich Schatten! Das war Mord. Drei Stunden Stau irgendwo bei Nürnberg. Und die Karre hat keine Klimaanlage.«

»Wo kann ich hier mal pullern?«, fragte Nelson.

Elinor musterte sein breites Kreuz, als er sich ins Haus entfernte. Der Mann wird sich beim Bäumefällen sicher nützlich anstellen, dachte sie.

»Wie geht's dir, kleine Schwester?«

»Mir? Total gut.« Und mit einem glänzenden Blick: »Wie findest du ihn, Lio?«

»Nach so kurzer Bekanntschaft? Er sieht tatsächlich sehr robust aus. – Nett. Ich denke, wir werden gut miteinander auskommen. Ich habe Vaters Zimmer für euch ausgeräumt. Das heißt, die meisten Möbel sind noch drin. Du hast mir am Telefon gar nicht gesagt, was ihr alles mitbringen wollt.« Bibi nestelte ihren blonden Pferdeschwanz auf und raffte mit einer fließenden Bewegung die Haare wieder zusammen.

»Aber Nelson braucht ein Atelier«, pisperte sie mit gesenktem Kopf, das Haargummi zwischen den Zähnen.

»Ein Atelier? Aber doch nicht hier. Wie soll das denn gehen? Die Zimmer haben Parkett. Da kann er nicht, was weiß ich, hämmern und schweißen.« Bibi hob die dicken, nackten Arme, zwirbelte ihr Haar zwischen den Fingern und schlang das Gummiband wieder darum; in den Augen ihrer Schwester eine allzu ungezwungene und vollkommen überflüssige Geste, weil sie nichts zu ihrer Verständigung beitrug und Bibi danach genauso aussah wie zuvor.

»Aber du hast gesagt, du willst dich nach einer Werkstatt umgucken – für mich und Nelson.«

Da war der Herzallerliebste auch schon wieder zurück.

»Boah, ist ja ein richtiges Schloss. Ich war mal kurz oben. Krasses Treppenhaus. Wo ziehen wir ein?«

»Hier ins Parterre«, sagte Elinor beunruhigt. »Die

Etagen sind alle vermietet. Wir werden uns meine Wohnung, also meine und Vaters Wohnung teilen. Es sind zwei große Zimmer für euch. Die Küche und das Bad teilen wir uns.« Sie sah von Bibi zu Nelson. »So war es doch besprochen.«

Die beiden wechselten einen Blick, dann lachte Nelson laut auf.

»Haa –llo? Wir zu dritt in einer Wohnung? Vergiss es. Bibi ist jetzt auch Hausbesitzerin. Da wird eben jemand anderes ausziehen müssen. Eigenbedarf. Die haben wir im Nu draußen.«

»Wir?«

»Nicht traurig sein, Lio«, sagte Bibi, »aber wir brauchen eine richtige Wohnung.«

»Traurig? Spinnst du? Ich bin nicht traurig, ich bin sauer und ich denke nicht daran, die Mieter auf die Straße zu setzen, nur weil es dir durchs Hirn schießt, nach Frankfurt zu kommen. Weißt du, was das Haus an Unterhalt kostet – allein die Versicherung? Und als Nächstes muss das Dach saniert werden. Ich brauche jede Miete. Und die Leute wohnen hier seit vielen Jahren. Du kennst sie doch auch.«

»Aber mir gehört jetzt die Hälfte davon.« Bibi hob die Arme und nestelte geschwind ihren Pferdeschwanz auf und zu. Nelson hatte sich behaglich lächelnd zurückgelehnt.

»Ihr könnt die Mansarde haben, wenn Jankowski weg ist – Ende des Monats.«

»Du kannst doch auch in die Mansarde ziehen, oder?

Du bist nur eine, Lio, und wir sind zu zweit. Das ist nur gerecht. Und bis dahin kann Nelson hier im Garten arbeiten.«

»Was?«

»Ich hab' mir schon gedacht, dass du keine Werkstatt für uns findest. Deshalb haben wir unser Zelt mitgebracht, eine Art provisorisches Atelier.«

»Ein fliegendes Atelier sozusagen«, präzisierte Nelson, der darauf gewartet hatte, das passende Attribut auszusprechen.

»Das könnten wir doch hier aufschlagen«, sagte Bibi. Sie sah sich um und streckte die Hand aus. »Da zum Beispiel.« Elinor sprang auf.

»Bist du von Sinnen? Das ist mein Irisbeet!«

»Aber es blüht doch gar nichts. Und jetzt ist es auch mein Irisbeet. Wenigstens die Hälfte davon.« Elinor fühlte die Wut warm in sich hochsteigen. Sie trat auf Bibi zu, die ebenfalls auf die Beine kam und mit flinken routinierten Bewegungen etwas unter ihrem Hemd zurechtschnalzte, eine Angewohnheit, die Elinor bereits zu erbittern begann.

»Worum geht es hier, kleine Schwester? Erhelle mich. Gibt es zwischen uns beiden etwas abzurechnen?«

*

Unter Nelsons bestärkenden Worten hatte Bibi in den Wochen ihres Zusammenlebens Klarheit über ihr Leben gewonnen: Ihre Familie hatte sie unfair behandelt. Sie war immer zu kurz gekommen. Dieser Eindruck hatte sich bei weiterem Nachdenken vertieft, befördert von einem Mangel an Phantasie ihrerseits, was die Gefühle und Beweggründe anderer Menschen betraf.

»Deine Schwester sitzt wie die Made im Speck in diesem Haus«, sagte Nelson, »während du dich hier abrackern musst, um die Miete zusammenzukratzen. Höchste Zeit, dass du endlich auch was davon hast.« Und er wiederholte Elinors Worte am Telefon, die Bibi ihm überliefert hatte. »Die Hälfte des Hauses gehört jetzt dir; du kannst nach Gutdünken darüber verfügen.«

»Aber Elinor hat sich um Vater gekümmert, als ich nach München gezogen bin«, gab Bibi schwach zu bedenken. »Immerhin, gell?«

»Mag ja sein, aber er hat sich auch um sie gekümmert und jetzt sahnt sie alles für sich ab. Wozu braucht eine alleinstehende Frau ein ganzes Haus? Das ist doch auch eine Last. Sie wird ganz froh sein, wenn wir ihr ein bisschen was davon abnehmen.«

Bibi ahnte, dass sich ihre Schwester so leicht nichts abnehmen ließ, aber sie hatte sich vorgenommen, entschieden aufzutreten und ihr rechtmäßiges Erbteil einzufordern. Nelsons Gegenwart ermutigte sie, und als die Ältere nun zornsprühend vor ihr stand, fühlte Bibi unter ihrem Erschrecken einen Funken Widerstand glühen, den Elinor nicht würde austreten können.

Seit sie sich erinnern konnte, hatte Lio ihr Leben bestimmt. Sie hatte Bibi zum Kindergarten und zur Schule geführt, hatte ihre Hausaufgaben überwacht, die Kleider, die sie tragen, die Bücher, die sie lesen sollte, ausgesucht und immer wusste Lio, was zu tun und was zu lassen und was unbedingt zu tadeln war. Das wusste sie immer am besten.

Lio war Vaters Große, Bibi die Kleine, die nicht ganz so Gescheite, die gar nicht Schlagfertige, die eigene trotzige Überlebensstrategien entwickelt hatte, die ihr recht zu geben schienen: Sie musste mit nichts einverstanden sein und deshalb war sie es auch nicht. Lios Augen waren dunkelblau und hart wie Saphire; Bibis hell wie Aquamarine. Und während Lio schlank und gerade heranwuchs, den Kopf mit ihrer Wuschfrisur hoch trug und ihre Twinsets und Perlenkettchen mit einem tantenhaften Chic, blieb die Jüngere ihr pummeliges, ungelenkes Gegenüber, dessen Haare Lio zu einem Pferdeschwänzchen zusammenband und dessen Pullis nach der ersten Wäsche ausgeleiert waren. Lio ging zur Universität, Bibi war durch Frankreich getrampt. Lio forschte über Exilliteratur, Bibi nähte Kissen. Lio besaß ein Haus, Bibi einen gebrauchten Transporter. Doch nun würde sich einiges ändern.

»Wir haben nichts abzurechnen, große Schwester«, lispelte sie.

»Sag's ihr nur, Bibi!«, rief Nelson vom Rand. Er hatte sich Eistee eingegossen, Brot, Salat und zwei Hühnerbeine auf den Teller geladen.

»Was sagen? Kannst du gefälligst für dich selbst sprechen?«

Bibi begannen die Hitze, die lange Fahrt und die blauen Augen ihrer Schwester zuzusetzen. Ihr Schneid war aufgebraucht. Sie schwitzte und nestelte wieder an ihren Haaren.

»Es ist; ich mein' ja nur, gell … Du warst immer Vaters Liebling. Für dich war immer alles so leicht.« Ihre Stimme hob sich. »Aber was ich gemacht hab, das war immer verkehrt, irgendein blödes Hobby, immer nur zweite Wahl. Und du hast mich nie unterstützt.«

»Ich hab dich dreißig Jahre lang unterstützt, du undankbares Weib!«

»Hast du nicht!«, heulte Bibi los. »Du hast dich nur aufgespielt. Immer nur an mir rumgemeckert. Euch beiden konnt' ich nie was recht machen. Und jetzt hab ich endgültig die Schnauze voll davon!«

»Immer hast du – nie bist du«, zeterte Elinor zurück. »Woran soll ich schuld sein, sag's mir! Jeder Mensch kann Entscheidungen treffen. Du auch!«

»Ich glaube, das Huhn ist nicht mehr okay«, sagte Nelson plötzlich und betrachtete den Knochen in seiner Hand. Er spuckte, was er gerade gekaut hatte, in die Hortensien. »Schmeckt total eklig. Ist wohl die Hitze.«

»Du willst uns töten!« schrie Bibi.

»Ach, halt den Mund! – Tut mir leid.« Elinor hob die Schüssel mit dem Huhn und roch daran. Sauer. Da hätte ich ihn ja beinahe vergiftet, dachte sie. Wie peinlich wäre das gewesen!

*

Nicht nur Elinor beobachtete Jankowskis Kommen und Gehen; auch Frau Bienfait aus dem ersten Stock war durchaus im Bilde. Sie, die nicht eingeladen war, den Garten hinter dem Haus zu betreten, hatte den neuen Mieter dort ungeniert herumlaufen sehen und in der Dunkelheit zwei glühende Zigarettenpunkte erspäht. Auch das sonderbare Hantieren des Mannes, der mit dem Rechenstiel die Kamera auf dem Torpfosten verschob, war ihr nicht entgangen. Leider stand Frau Bienfait nicht auf so vertrautem Fuß mit ihrer Hausbesitzerin, dass sie ihr, die anstatt langjährigen und entgegenkommenden Mietern den Garten zu öffnen, wildfremde Menschen darin empfing, ihre Beobachtung mitgeteilt hätte.

Frau Bienfait hatte von ihrer erhöhten Warte auch nahezu freie Sicht über die Gartenmauer und als sie an diesem Morgen die Neige ihrer Teekanne in einen der Kamelientöpfe auf dem Balkon leerte – Formosa Oolong bekam ihren chinesischen Schönheiten im Übrigen besser als Darjeeling –, konnte sie den Mann aus der Mansarde auf dem Friedhof herumschlendern sehen. Nein, schlendern würde sie es wohl nicht nennen; eher ein zielstrebiges Abschreiten der Mauer, die das offene Gräberfeld der Orthodoxen vom übrigen Friedhof schied. Die Bäume versperrten ihr die Sicht auf sein Fortkommen und Frau Bienfait kehrte zum Frühstückstisch zurück, vergaß den neuen Mieter und erinnerte sich erst sehr viel später und nachdem sich die Dinge so tragisch verstrickt hatten, dass sie sich gewundert hatte, den Mann, der sonst einer geregelten Tätigkeit nachzugehen schien, an einem hellichten Werktagmorgen auf dem Friedhof gesehen zu haben.

Jankowski hatte gewartet, bis Elinor aufs Rad gestiegen und zur Bibliothek gefahren war. Dann verließ auch er das Haus, ging jedoch nicht wie sonst zum 32er Bus, sondern bog in die Rat-Beil-Straße ein und wanderte an der roten Friedhofsmauer entlang zum Hauptportal. Als absichtsloser Spaziergänger musste er auf sein Glück vertrauen und hoffen, keinen anderen Besuchern zu beggnen. Er klinkte das große, zweiflüglige Metalltor auf, trat unter den Kameras ein und schritt, die Hände in den Hosentaschen und in der rechten Faust ein mit Klebeband umwickeltes Päckchen, über den Kiesplatz zu der Hinweistafel, auf der die Grabstätten eingezeichnet waren und Nummern auf prominente Einlieger hinwiesen. Zu den meisten hatte Elinor ihn bereits geführt. Über dem Plan las er die Worte aus Jesaja 57 Vers 2: »Wer geraden Weges wandelt, ziehe ein in Frieden«, und seufzte, denn seine Wege waren krumm und er hatte seit Wochen keinen Frieden mehr gefunden. In seinem Rücken rauschte der Verkehr, vor ihm wölbten sich die Platanen über schattige Wege, die in dunklen Tiefen endeten. Kein Mensch unterwegs, aber doch Stimmen von links.

Auf dem Plan war die L-förmige Zwischenmauer deutlich eingezeichnet. Er müsste sich rechts halten, bis er auf eine Bresche im kurzen Abschnitt stieß, ihr links herum bis zu dem scharfen Knick folgen und das lange Ende abschreiten. Bei Licht besehen, wurde ihm klar, wie klein der Friedhof war. Von den oberen Stockwerken der angrenzenden Häuser konnte man das orthodoxe Gräberfeld überblicken, und wenn das Laub gefallen war, auch den restlichen Teil. Doch wenn er sich nahe an der dick von Efeu überbuschten Mauer hielt, sah er über sich nur die Baumkronen und den hellen Himmel. Die Sonne brannte bereits; kein Windhauch; schon lange kein Regen mehr. Es war Mitte September und der Sommer wollte kein Ende nehmen.

Er fand das Grab von Ruthchen Feibelmann an der langen Seite des Ls. Zwar war die Inschrift nur mehr zu erahnen, doch die Säule mit der Rosengirlande ragte unverkennbar in der Nachbarschaft einer Eibe auf. Jankowski blieb stehen und sah sich um. Stille. Außer ihm schien sich hier niemand herumzutreiben. Seine Hände in den Taschen waren schweißnass, die rechte fühlte sich fettig an. Er trat näher an das Eibengebüsch, bog die Äste beiseite und betrachtete die Rückseite. Die Säule ruhte auf einem Fundament aus halb verwitterten Ziegelsteinen, zwischen denen der Mörtel herausgefallen war. So hatte Koszyk es ihm beschrieben. Rasch ließ er sich auf ein Knie nieder und stopfte den kleinen umwickelten Plastikbeutel aus seiner Hosentasche in eine Lücke zwischen den Ziegeln, stand auf, zog die Zweige wieder zurecht und trat zurück. Keine Minute war vergangen.

Er hatte erwartet, dass die Spannung jetzt von ihm

abfiele. Sein Auftrag war erfüllt. Der Kurier aus Antwerpen würde das Päckchen hier finden und er war wieder frei. Doch seine Erregung legte sich nicht und er marschierte eine halbe Stunde lang kreuz und quer über den Friedhof, bis er fast mit einer Gruppe Touristen zusammengestoßen wäre, die ein dicker junger Mann in schwarzem Kaftan und Kippa zwischen den Grabsteinen herumführte. Jankowski floh zurück in seine Mansarde, wo die Wodkaflasche ihm half, seine Nerven zu beruhigen.

In den Tagen darauf fühlte er einen fast unbezwingbaren Drang, zu dem Grab von Ruthchen Feibelmann zurückzukehren und nach dem Päckchen zu sehen. Weder konnte er den Friedhof von seinem Dachfenster aus überblicken, noch durfte er einen zweiten Ausflug durch das von den Kameras bewachte Hauptportal riskieren. Von Koszyk kam kein Wort, dass die Transaktion gelungen sei und er im Oktober nach Poznań zurückkehren könne. Seine eigenen Anrufe gingen ins Leere. Auf Elinor machte er einen angegriffenen Eindruck, als er morgens kaum nüchtern im Vestibül ihren Weg kreuzte.

»Sie sehen krank aus, Simon. Können Sie da oben überhaupt schlafen? Es muss schrecklich heiß sein unterm Dach.«

»Nein, nein, kein Problem. Es ist alles in Ordnung, alles in Ordnung.« Sie lächelte ihn an.

»Hätten Sie Lust, heute Abend im Garten ein Glas Wein mit mir zu trinken? Wir sollten den Sommer ausnutzen und ich glaube, ich könnte ein wenig seelische Unterstützung brauchen.«

»Sehr gerne, Elinor.« Das barsche Weib brauchte seelische Unterstützung. Interessant. Es würde ihn auf andere Gedanken bringen.

*

Zwischen Elinor und Bibi herrschte eine Art Waffenstillstand, der ihrer Ratlosigkeit geschuldet war. Das Paar hatte seinen Futon in Vaters Schlafzimmer ausgerollt, Bibi ihre Nähmaschine installiert und Nelson Werkzeug und Material im Keller verstaut, aber das Arrangement sah eher nach Campingplatz als nach Wohngemeinschaft aus. Heinz gehörte nicht mehr dazu, denn Bibi war gegen Tierhaare allergisch und so wechselte er ganz auf Elinors Seite, die sich erst an seine katzenbezogene Gegenwart gewöhnen musste und zumal im Sommer ungern mit einem Pelz im Bett schlief, aber Heinz war auch ein tröstlicher Hausgenosse, der sie als die natürliche Nachfolgerin ihres Vaters annahm. Zwar hatte sie morgens noch immer als Erste das Bad, da sich die beiden anderen der neuen Diät wegen erst gegen elf erhoben, aber allein die Anwesenheit dieser neuen Mitbewohner, die sich so ganz zu Hause fühlten, ihre Gerüche, ihr sorgloser Umgang mit Handtüchern, Geschirr und Proviant zehrten stark an ihrer Contenance.

»Ich dachte, du hättest eine Laktose-Unverträglichkeit«, fuhr sie ihre Schwester an, als die beim Sonntagsfrühstück das letzte Joghurtgläschen auslöffelte.

»Klar doch, aber ich nehme meine Pillen«, erwiderte Bibi und rasselte mit dem Döschen neben ihrem Teller. Sie trug Elinors Bademantel. Nelson, barfuß, ohne Hemd und gegen nichts allergisch, nicht einmal gegen Elinors Missvergnügen, briet derweil ungefragt und bester Laune sechs Spiegeleier mit Tomaten, Speck und Pilzen für alle drei.

Auch das fliegende Atelier, das zusammengefaltet im Arbeitszimmer lag, verstärkte den Eindruck von Zelturlaub. Da Conrad Sander es bedauerlicherweise nun einmal so eingerichtet hatte, dass beiden Erbinnen dieselben Rechte zustanden, hatten sie einen Kompromiss ausgehandelt. Unter der Bedingung, dass vorläufig nichts gegen die Mieter im Blauhaus unternommen und die Suche nach einer anderen Werkstatt verschärft wurde, hatte Elinor zugestimmt, dass der Künstler das Atelier im Garten auf dem mit Ziegeln gepflasterten Platz aufschlug, dem hellsten Fleck, wo sonst Tisch und Korbstühle standen. Es war sie hart angekommen, doch außer dem Ausrollen eines Elektrokabels vom Keller in den Garten hatte Nelson bisher noch keine Maßnahmen ergriffen. Bibis Versuch, sich der Hälfte der Beete zu bemächtigen, war indessen gescheitert.

»Es sieht so voll trist aus, Lio. Könnten wir nicht ein bisschen was an Farbe reinbringen?«

»September ist eine flaue Zeit. Hab Geduld. Wir warten auf die Herbstastern.« Das dauerte Bibi zu lang.

Sie war in die Stadt gefahren, hatte beim Blumendiscounter in der Hasengasse ein Dutzend Töpfe mit roten Begonien gekauft, sie unter den Fichten verteilt und eingescharrt. Da die trockene harte Erde und das Wurzelwerk der Bäume jedoch widerstanden, hatte es pro Topf nur zu einer handgroßen Kuhle gereicht, aus der die Hälfte des Inhalts mit angelegten weißen Wurzeln ragte.

»Was machen diese Pflanzen da?«, fragte Elinor. »Sie sehen aus, als säßen sie auf dem Klo«, zog sie aus den Kuhlen und warf sie auf den Komposthaufen. »Nicht traurig sein, Bibi, aber du lernst es nie.« Damit war dem gärtnerischen Wirken der Schwester der Boden entzogen. Bibi durfte ihre bunten Kissen in den Korbstühlen verteilen und das war das Äußerste, das Elinor zu dulden bereit war. Aber wenn die Ältere glaubte, auch den Funken der Rebellion ausgetreten zu haben, sollte sie sich täuschen.

So stand es im Hause Sander, als Jankowski an diesem Abend an ihrer Tür klingelte. Sie hatte eine Flasche Riesling aus dem Kühlschrank genommen und sicherheitshalber nur einen Teller mit Käsestangen auf den Tisch gestellt. Das Geflacker des Windlichts störte sie und sie blies es aus. So saßen sie im Dunkeln Seite an Seite; sie rauchte seine Zigaretten, er trank ihren Wein. Sie beklagte die feindliche Übernahme ihres Hauses und Gartens durch das schreckliche Paar und tat sich dabei selbst so leid, dass sie fast wieder geschluchzt hätte. Er hörte schweigend zu, und als sie nach ihrem

Glas greifen wollte, nahm er ihre Hand, beugte sich hinüber und küsste sie sanft auf den Mund. Elinor erwiderte seinen Kuss, denn sie wollte nicht noch einen passenden Augenblick verstreichen lassen.

*

Der Fuchs hatte das Schmalz im Fundament von Ruthchen Feibelmanns Säule von weitem gerochen. Er war auf seinem Weg von West nach Ost zu seiner Wasserschüssel am Gartentor und entlang der efeubedeckten Ziegelmauer. Es war erstklassiges polnisches Schweineschmalz mit achtzehn Prozent Grieben und neun fast lupenreinen Diamanten im Brillantschliff zwischen 1,25 und 1,3 Karat im Wert von über 252 000 Euro oder 965 500 Zloty. Seinen spitzen Zähnen widerstanden die Plastikhülle und das Klebeband nur kurz, und da sich ein Überlebenskünstler wie er nicht mit Feinheiten aufzuhalten pflegte, fraß er die Schmalzkugel in einem Happen und leckte sich die Schnauze, wobei ein Diamant, der in seinen Lefzen hängen geblieben war, zu Boden fiel und zwischen die Steine unter der Eibe rollte, von der die Säule halb eingehüllt war. Dann schlüpfte der Fuchs aus dem Gebüsch und schnürte weiter durch das knisternde gelbe Gras zur Mauer am östlichen Ende.

Elinor sah den Schatten und einen eigentümlich glitzernden Blick, den er ihr durch das Gattertörchen zuwarf. Sie löste sich aus Jankowskis Umarmung, füllte die Wasserschüssel und da ihr so heiter und bedenkenlos im Gemüt war, kippte sie ihr halb volles Glas dazu, ehe sie den Abendtrunk ans Törchen stellte. Der Fuchs konnte es sich nicht leisten, wählerisch zu sein. Trotz des abstoßenden Geruchs schlappte er die Schüssel leer und da ihm von dem Wein sofort schlecht wurde, kroch er eilig hinter den Grabstein der Familie Bing, wo er alles, was er in der letzten halben Stunde zu sich genommen hatte, wieder herauswürgte, einschließlich des Klebebands.

*

Das fliegende Atelier war am nächsten Abend mitten im Garten gelandet, als Elinor aus der Bibliothek nach Hause kam, ein großes Partyzelt mit Pagodendach, dessen Seiten mit Planen verhängt waren. Sie und Nelson hätten es ganz allein aufgebaut, trotz des protestierenden Geschreis der alten Bienfait vom Balkon im ersten Stock, berichtete Bibi. Solche Leute hätten ihr als Hausbesitzerin ja nun gar nichts zu sagen und sie hätte der Bienfait schon ordentlich Bescheid gestoßen. Elinor begriff, dass es Zeit war, ihre Mieter über die veränderte Lage im Blauhaus in Kenntnis zu setzen. Es war Herr Bienfait, der ihr die Tür öffnete.

»Ich wollte Ihnen noch mein Beileid aussprechen, Frau Sander«, sagte er. »Es geschieht zwar mit Verspätung, aber es ist tief empfunden, denn meine Frau und ich haben Ihren Vater außerordentlich geschätzt. Wir sind Ihnen sehr verbunden. Es gibt in Frankfurt ganz sicher keine zweiten Hausbesitzer wie Sie und Ihren Vater. Man liest in der Zeitung ja die furchtbarsten Dinge über Spekulanten und Miethaie und wir leben nun schon so lange in dieser schönen Wohnung – es sind genau achtunddreißig Jahre, nicht wahr?«

»Dreiunddreißig«, erwiderte Elinor, der klar wurde, dass Herr Bienfait und seine Frau bereits die Glocken hatten läuten hören und dabei waren, den Kampf gegen ihre Kündigung aufzunehmen.

»Übrigens, funktioniert Ihre Gangschaltung noch?«, fragte er.

»Danke, einwandfrei.«

Frau Hensel hingegen argwöhnte noch keine Veränderung.

»Was ist das für ein unruhiger Geist, der sich da über mir einquartiert hat?«, fragte sie, nachdem sie Elinor hereingebeten hatte. »Er rennt die halbe Nacht durch die Wohnung – getrieben von Gott weiß welchen Dämonen. Ich könnte ihm ein gutes Buch leihen, damit er endlich stillhält. Trollope wirkt sehr einschläfernd. Oder Mrs. Gaskell.« Doch als sie Elinors Gesicht sah, wurde sie im Nu zu der diesseitigen Frau Hensel, die zur Säge griff, wenn Äste gegen ihre Fensterscheiben schlugen.

»Ich sehe, es gibt Kummer, Frau Sander?«

»Wie man's nimmt. Ich bin selbstverständlich sehr glücklich darüber, dass meine Schwester Fabienne wieder bei uns – bei mir eingezogen ist, aber sie macht es ein bisschen schwierig. Sie und ihr Künstlerfreund. Wir sind nun eine Erbengemeinschaft und müssen uns die Zuständigkeit für das Haus teilen. Deshalb bin ich hier, Frau Hensel. Sie erinnern sich vielleicht an meine Schwester?«

»Natürlich erinnere ich mich an Bibi, dieses Vergissmeinnicht unter Wasser, wie George Eliot so treffend sagen würde. Ich wohne seit zwanzig Jahren im Haus. Aber was stehen wir hier herum. Kommen Sie, setzen Sie sich – hier in die Bibliothek. Wissen Sie, was die Queen in Krisensituationen trinkt – also praktisch jeden Tag? Nein, wissen Sie nicht? Gin und Dubonnet.«

»Queen Victoria?«

»Nein, nein, die gegenwärtige natürlich, Elizabeth II. Gin und Dubonnet. Habe ich immer vorrätig. Nehmen Sie Eis? Zitrone?«

*

»Ehe wir mit den Bäumen anfangen, sollten wir vielleicht erst einmal die Hecke stutzen«, schlug Jankowski vor. »Haben Sie eine Schere, Elinor?« Hatte sie nicht. Nur ein Instrument, das Blumenstengel durchschnitt.

»Vielleicht könnten Sie im Botanischen Garten eine ausleihen, Simon.«

Beide gefielen sich in dem kleinen Manierismus, sich mit Vornamen anzusprechen und zu siezen. Ein Du nach nur einem Kuss erschien ihnen als unangemessen hektischer Übergang von der kritischen Distanz zur Freundschaft.

»Ich werde darum bitten. Der Liguster ist alt und knorrig. Wir werden etwas Energisches brauchen, um ihn in die Schranken zu verweisen.«

Am nächsten Abend kam Jankowski mit einer energischen Motor-Heckenschere vom Botanischen Garten zurück, stieg auf die Klappleiter und begann, dem Liguster ans Lebendige zu gehen. Auch der von Friedhofsseite anbrandende Efeu bekam sein Teil. Er sägte und säbelte, bis es zu dunkel wurde und nahm am folgenden Abend das Gemetzel wieder auf. Da Elinor der Krach im Garten zuwider war und sie den Anblick des fliegenden Ateliers darin nur schwer ertrug, schloss sie das Törchen auf, ging auf dem Friedhof spazieren, und als Ruhe eingekehrt war und sie wieder eintrat, zog sie das Gitter, statt es abzusperren, nur hinter sich ins Schloss.

Am Tag darauf brachte Jankowski die Motor-Heckenschere zurück. Nun, da das dicke Holz bezwungen sei, wolle er den Rest mit der Hand erledigen, sagte er. Er küsste Elinor, die ins Haus ging, um an ihrem Vorwort für den Ausstellungskatalog zur Exilliteratur zu arbeiten, schnippte noch eine Weile am Liguster herum und klinkte dann das Törchen auf. Den Schnapper klemmte er mit einem angespitzten Streichholz fest, lehnte das Tor vorsichtig an und verschwand unter den Bäumen. Er kannte den Weg. Im Licht seiner Taschenlampe bog er die Eibenzweige beiseite und prüfte das Fundament von Ruthchen Feibelmanns Grab, bückte sich und spähte in jede Lücke. Das Päckchen war verschwunden; der Albtraum zu Ende. Er war frei.

Elinor kannte den Mann, der abends und an Feiertagen hinter dem Hauptportal parkte und den Friedhof abschloss, nur vom Sehen, eine hochgewachsene, elastische Gestalt, noch jung aber mit zurückweichendem Haaransatz und stets korrekt gekleidet. Wenn er sie außerhalb der Öffnungszeiten zwischen den Gräbern herumstreichen sah, schaute er weg oder nickte und hob die Hand und sie grüßte zurück. An diesem Samstagmorgen aber zögerte er, ehe er in sein Auto stieg.

»Frau Sander, nicht wahr? Marcel Speyer von der jüdischen Gemeinde.« Sie gaben sich die Hand.

»Es gibt eine kleine Unregelmäßigkeit. Wir haben bemerkt, dass die Kamera auf Ihrem Tor verstellt wurde. Sie ist seit ein paar Tagen nicht mehr auf den Weg sondern auf die Gräber in der Umgebung gerichtet. – Sie sind überrascht? Wir sind es auch.«

»Das kann ich mir nicht erklären. Ich habe nichts bewegt. Vielleicht ist es bei der Gartenarbeit passiert. Ich habe die Hecke an der Mauer stutzen lassen.«

»Vielleicht«, sagte Herr Speyer verbindlich, »aber Sie verstehen, dass wir in diesen Zeiten sehr vorsichtig sein müssen. Es gab Schmierereien und Vandalismus – nicht hier – deshalb schauen wir ja genau hin, wer auf dem Friedhof ein- und ausgeht.«

Frag mich um Gottes Willen nicht nach dem Schlüssel!, dachte Elinor.

»Ich bin bestürzt, wirklich, Herr Speyer. Dieser Ort ist mir ... sehr teuer. Schon seit vielen Jahren. Sagen Sie mir, was ich tun kann.«

»Wir schicken Ihnen nächste Woche einen Monteur. Er wird die Kamera neu ausrichten und das Gartentor verschließen. Wann sind Sie zu Hause?«

»Bitte nicht verschließen«, stammelte Elinor. »Ich bin ... ich werde sehr gut aufpassen. Ich liebe diesen Friedhof, seit Herr Bacharach hier Pförtner war. Mein Vater, Conrad Sander, und Herr Bacharach waren gut miteinander bekannt. Und wir beide ... mein Vater hat diesen Ort auch dokumentiert. Ich habe von ihm eine große Sammlung von Fotos der Grabsteine; sehr qualitätvolle Bilder. Wenn ... vielleicht ist die jüdische Gemeinde interessiert – eine Ausstellung oder dergleichen?«

»Vielleicht«, sagte Herr Speyer noch einmal. »Ich werde sehen, was sich machen lässt.« Er ließ den Blick über die Gräber schweifen und schaute ihr dann ins Gesicht. »Sie erinnern sich tatsächlich noch an Sally Bacharach? Eine legendäre Figur. Er hat seinerzeit den ganzen Friedhof katalogisiert und in seiner Pförtnerloge an die zwanzigtausend Totenbücher verwaltet; ein wandelndes Archiv, der Mann.«

»Ich erinnere mich sehr gut an ihn, obwohl ich noch ein Kind war.« Sie deutete auf den alten Bungalow neben dem Portal. »Mein Vater und Herr Bacharach haben in seiner Wohnung manchmal zusammen Domino gespielt.« Speyer nickte.

»Wie gesagt, wir werden sehen – einen schönen Tag noch, Frau Sander.«

Elinor musste sich auf eine Grabeinfassung setzen.

Ihre Hände zitterten. Das hat Nelson angerichtet, dachte sie. So, wie der Kerl herumfuhrwerkt mit seinen Zeltstangen und diesem ganzen elenden Verhau. Wenn die Gemeinde mir das Tor abschließt, bring ich ihn um.

*

Nelson hätte ihr vielleicht einen Blick in seinen Verhau gestattet, wenn sie ihn darum gebeten hätte, aber Elinor, die keine Worte mehr für ihre Empörung fand, sprach nicht mit ihm. Sie sprach auch nicht mit Bibi. Aber während die kleine Schwester unter der Schweigebehandlung zu welken anfing, hörte man Nelsons wohlgefälliges Lachen aus der Küche, wo er mit der Pasta hantierte, und unbekümmerte Arbeitsgeräusche aus dem Atelier. Im Haus begann die Herrschaft des Knoblauchs und aus dem Zelt drangen Gehämmer, Geklapper, Gedengel und Gespratzel. Die Funken eines Schweißgeräts sengten schwarze Löcher in die Planen und bis zum Abend, wenn der Künstler die Arbeit einstellte, hatte sich eine Wolke aus Staub und heißem Metallgeruch über den Garten gelegt.

Elinor sehnte den Herbst und den Regen herbei. In der anhaltenden Dürre hatten die Platanen begonnen, ihr Laub abzuwerfen, das bald knöcheltief um die Grabsteine lag. Sie ging mit dem Schlauch durch den Garten, wässerte ihre Pflanzen, benetzte ihr Blattwerk und sprach ihnen Trost zu. Der Fuchs hatte den Scherz mit der Weinschorle übel genommen und ließ sich nicht mehr blicken. Von Frau Hensel hörte sie, dass der Mieter in der Mansarde seine nächtlichen Wanderungen wieder aufgenommen hatte. »Round and round the garden like a teddybear«, zitierte sie einen alten Kinderreim, »nur dass es die Dielen über meinem Kopf sind.«

*

Wenn Frau Bienfait auf ihrem Balkon stand und die Kamelien besprühte, sah sie für gewöhnlich auf die graswachsenen Wege zwischen den Steinen, über die sich die Platanen breiteten, ein Stück der alten Ziegelmauer und das offene Gräberfeld. Außer ihrer Hausbesitzerin erblickte sie selten Menschen, die sich dorthin verirrten, denn anders als sein Nachbar, der städtische Hauptfriedhof, dessen Tor tagsüber immer aufstand, wirkte der jüdische mit den großen zugeklappten eisernen Türflügeln abweisend, als lege er nicht den geringsten Wert auf Besuch. In diesen Tagen geschah es jedoch schon zum zweiten Mal, dass sich in Frau Bienfaits Gesichtsfeld ein Mann offenbar planvoll zwischen den Gräbern herumtrieb. Und da sie über genügend Zeit und Neugierde verfügte, konnte sie ihn später recht gut beschreiben: Er war mittelgroß, wohl um die vierzig und auffallend dick, bewegte sich schwerfällig, ja, er watschelte geradezu, trug ein zeltartiges, mit dem Kopf eines Tigers bedrucktes T-Shirt über einer Jeans, die im Schritt durchhing und trat mit den Fersen auf die

Säume. Er war glatt rasiert und auch sein Kopf war vollkommen kahl. Außer einer Plastiktüte trug er nichts bei sich. Oder doch: etwas in der Hand, das wie ein Esslöffel aussah.

*

Jankowski wusste, dass er die Fichten nicht ohne Hilfe würde fällen können. Elinor hatte, bei allem Respekt, nicht den nötigen Mumm für diese Arbeit. Hingegen erschien ihm der bärige Mann ihrer Schwester Bibi sehr geeignet, und wenn Elinor zu stolz oder zu gekränkt war, um ihn zu fragen, würde er es eben selbst tun. Vom Ziegelweg aus rief er ein Hallo und ob er eintreten dürfe. Nelson schlug die Zeltbahn zurück und hielt einladend einen Zipfel hoch. Seine graue Lockenmähne wurde von einem Metallreif zusammengehalten und über seinem Kopf schwebte aufgeklappt eine Art Kasten mit einer Scheibe, die seine Augen vor dem Funkenflug des Schweißgeräts schützte. Er sah aus wie eine Mischung aus Schmiedegott und Frankenstein.

»Komm rein, Kumpel! Was geht?«

Jankowski war verblüfft. Mitten im Zelt ragte eine Installation aus verzweigten Metallrohren, ähnlich einem Spielplatz-Klettergerüst, in die der Künstler verschiedene Gartengeräte – Laubrechen, Schere, Harke, Spaten und eine zwölf Liter fassende Gießkanne aus Zink eingearbeitet hatte. Alle Objekte waren miteinander verdrahtet, und als Nelson den Stecker in die Kabeltrommel einführte, begannen kleine Glühbirnen im unregelmäßigen Rhythmus zu blinken. Ihr Leuchten brachte die Gebrauchsspuren an den alten Holzstielen, den eisernen Zinken und Klingen und die Erde, die noch am Spatenblatt haftete, gut zur Geltung.

»Sehr eindrucksvoll, Herr Nelson.«

»Ist noch nicht ganz fertig. Wird eine Hommage an die Gärtnerin«, sagte Nelson stolz und rieb lachend seine großen Hände aneinander. »Unsere Elli ist irgendwie ein bisschen arrogant und biestig, aber ich hoffe, es gefällt ihr. Bibi ist da nicht so sicher.«

Jankowski hoffte, dass er bei der Enthüllung des Werks nicht zugegen sein müsste. Er ahnte, dass Nelson die Gartengeräte ohne Rücksprache – mit wem? Mit ELLI? – aus dem Schuppen entwendet hatte.

»Ich komme mit einem Anliegen«, sagte er und erläuterte dem Künstler das Fällen der Fichten. Er werde auch noch einen jungen Mann aus dem Botanischen Garten um eine helfende Hand bitten, und vor allem müsse er dort Steigeisen, Seile, Schutzkleidung und eine Kettensäge ausleihen. Da er mit dem Entasten der Bäume von unten beginne, wäre es praktisch, wenn Herr Nelson zugleich anfangen würde, die Äste vom Boden wegzuräumen, zur Schonung des Gartens und damit sie am Ende nicht in dem meterhohen Gestrüpp herumwaten müssten.

»Ei, wird gemacht«, sagte Nelson. »Wann geht's los?«

»Ich dachte an Übermorgen. Frau Sander wird wohl vorher die Beete abdecken und einige ihrer Pflanzen evakuieren wollen.«

*

Das bevorstehende Fällen der Fichten hatte Elinor inzwischen in Panik versetzt. Was auf den ersten Blick so wünschenswert erschienen war, stellte sich bei näherer Betrachtung als eine Art GAU heraus: die Verwüstung ihres Gartens. Es gab kein Beet, das von den herabfallenden Ästen verschont bleiben würde. Ein Stück Stamm, das aus zwanzig Meter Höhe herunterkrachte, würde einen Krater schlagen. Und wohin mit dem ganzen Holz? Sie hatte daran gedacht, die Zweige zu einem halb verborgenen Abfallplatz auf dem Friedhof zu schleifen, wo die städtischen Gärtner im Herbst auch das gesammelte Laub abluden, aber nach ihrer Begegnung mit Marcel Speyer schien ihr das keine gute Idee mehr zu sein.

Es war die ganz falsche Jahreszeit, doch sie begann, ihre Hortensien auszugraben, in Plastiksäcke zu stopfen und in den Keller zu tragen, den Fächerahorn zurückzuschneiden, die Rosen mit Drahtstützen zu umzingeln, die, wie sie wusste, nicht einmal das Gröbste abhalten würden, und den Phlox armeweise abzuschneiden und im Haus in Vasen zu stellen. Als Jankowski mit schwerem Gerät in den Garten trat, war sie verschwitzt und aufgelöst und der Verzweiflung nahe. Er legte die

Kettensäge, Helm, Steigeisen und Geschirr auf die Erde und nahm sie in die Arme.

»Ist es Ihnen vielleicht lieber, wenn wir die Bäume nicht fällen, Elinor?«

»Nein, das muss jetzt passieren. Ich hab's mir vorgenommen und es wird danach so viel besser sein; so viel heller, nicht wahr? Ein Sonnengarten, das haben Sie doch auch gesagt, Simon.« Aber sie umschlang ihn fest und ließ ihn lange nicht los.

»Gut, dann fangen wir gleich morgen früh an.«

»Ich kann nicht dabei helfen«, seufzte sie. »Ich koche Kaffee und bestelle Pizza für alle, aber ich kann dieses … dieses Massaker nicht mit ansehen.«

»Das ist auch gar nicht nötig. Ich habe einen der Arbeiter im Botanischen Garten gebeten, mitzuhelfen; Ulrich, ein netter tüchtiger Kerl. Und je weniger Leute im Garten herumlaufen, desto besser.«

Es wäre Jankowski durchaus recht gewesen, wenn Elinor sich die Sache anders überlegt hätte. Er war mit seinem nonchalanten Angebot, ihre Bäume zu fällen, ein wenig zu schnell vorgeprescht. Warum? Um diese spröde Frau zu beeindrucken? Als junger Mann war er ein geschickter Baumsteiger gewesen, aber es war lange her, dass er mit einer laufenden Kettensäge auf eine zwanzig Meter hohe Fichte geklettert war, und er fühlte, dass die Trinkerei und die Anspannung der letzten Wochen ihm nicht gutgetan hatten.

»Machen Sie Schluss für heute«, sagte er, nahm ihr die Schaufel aus der Hand – »Wo ist denn bloß mein großer

Spaten?« – und lehnte sie an die Mauer. »Ein schöner Abend. Wollen wir später noch ein wenig spazieren gehen? Den Sommer ausnutzen?«

»Ja, gerne«, sagte Elinor. »Kommen Sie doch vorher zum Essen herunter, Simon. Es gibt zwar nur Spaghetti, aber Nelson ist zumindest ein talentierter Koch. Er rührt gerade sein berüchtigtes Knoblauchpesto an. Wir werden die Bäume mit unserem Atem zum Einsturz bringen.«

Nach dem Essen wanderten sie nebeneinander zwischen den Gräbern herum, während der Mond in einem nebelweißen Hof über den Platanen aufging und ein böiger Wind die Blätter zwirbelte.

»Sehen Sie den Mond?«, fragte er, »das Wetter wird umschlagen. Der Herbst ist da.«

»Regen wäre sehr willkommen« erwiderte Elinor, aber sie wollte weder an den Herbst noch an den nächsten Tag denken. Im Gehen nahm sie seine Hand. »Sie müssen im Frühling wiederkommen, Simon. Dann ist es hier besonders schön, der Friedhof blau von Sternhyazinthen und darüber ein ganz zarter, herber Duft. Ich habe sie schon ausgegraben und in den Garten gesetzt. Aber sie wollen bei mir nicht richtig kommen. Sie wollen ins Licht.«

»Scilla siberica? Blausterne?« fragte er. »Sie wissen, dass die zu den geschützten Arten gehören. Man darf sie nicht ausgraben.«

»Ach, Simon«, lachte Elinor. »Es sind so viele – Millionen!« Er schwieg ein paar Schritte lang.

»Möchten Sie wirklich, dass ich im Frühling wiederkomme?« Sie blieb stehen und sah ihm in die Augen.

»Ja, das möchte ich. Falls Sie in Kórnik nur von Ihren Magnolien vermisst werden sollten – und schon um die Blausterne zu sehen.« Er hielt ihren Blick fest.

»So blau wie deine, mein Augenstern?« Wurde er in Kórnik vermisst? Gab es ein Zurück von dort, oder von hier? War er frei? Er wusste es nicht. Sie legte die Arme um ihn, hob den Kopf und ließ sich zärtlich und dringlich von ihm küssen.

»Ist das für mich?«, fragte sie, als er sie an sich gedrückt hielt.

»Wenn du willst«, sagte er an ihrem Ohr. Und Elinor erwiderte etwas an dem seinen, das beide bewog, umzudrehen und zurückzugehen, denn der passende Zeitpunkt, ihre Freundschaft mit der gebotenen Beschleunigung zu vertiefen, war gekommen. Im Haus ließ er ihre Hand nicht los.

»Wohin?«

»Zu dir«, und sie stiegen leichten Fußes die drei Treppen zur Mansarde hinauf. »Mach kein Licht an«, bat Elinor, als er begann, sie auszuziehen. Die Jahre, in denen sie sich von einem Mann gern und schamlos hatte betrachten lassen, waren vorbei und die Zeit ihrer gegenseitigen Annäherung währte zu kurz, um alle Bedenken über Bord zu werfen. Sie liebten sich so diskret und respektvoll, wie es der Vorgang zuließ. Elinor empfand die Hände des Magnolienexperten, die zart und routiniert Kelch- und Blütenblätter berühren konnten, als ebenso angenehm wie er ihre entschlossene Art, mit der sie den ganzen Nachmittag Hortensienwurzeln ausgegraben hatte.

Frau Hensel in schwarzer Shantung Seide mit rosa Päonien und grünen Pfauen, die in der Küche am Herd stand und ihre Milch wärmte, traute ihren Ohren kaum. Sie drehte das Gas aus, ging zum Bücherregal und schlug bei Keats nach:

»The stranger walked into the bower – But my lady first did go: Ay, hand in hand into the bower, Where my lord's roses blow.«

Sie lauschte noch ein Weilchen nach oben, zunächst grimmig amüsiert, dann von einer Erinnerung eingeholt, die sie ein wenig seufzen ließ. Unter dem Einfluss eines trockenen Sherrys gewann sie an Kontur, und anstatt wie geplant schlafen zu gehen, setzte sich Frau Hensel mit einem Fotoalbum auf ihr Chesterfieldsofa, blätterte die Seiten um – Bury-St.-Edmunds 1987 – und suchte nach einem bestimmten Gesicht, während die Milch langsam wieder kalt wurde.

Als die beiden in der Mansarde rauchend nebeneinander auf seinem schmalen Bett lagen und durch das offene Dachfenster in den Fichtenwipfel schauten, der sich schwarz gegen den Himmel abzeichnete, stellte Elinor eine lang bedachte Frage:

»Was beunruhigt dich die ganze Zeit, Simon?

»Mich beunruhigt, dass ich eine Nachricht aus Polen, auf die ich seit Wochen warte, nicht erhalte.« Sie wandte sich ihm zu, strich ihm mit der freien Hand über den

Bauch und weiter hinunter, wo sich sein Begehren wieder regte.

»Kannst du nicht darüber reden? Sag's mir. Bei mir ist es gut aufgehoben.« Er hielt ihre Hand fest, ehe sie ihn weitertreiben konnte. Seine Eloquenz verließ ihn.

»Ist eine schlimme Situation. Ich bin ... ich habe, ich mache mich ... angegriffen.«

»Wer greift dich an?«

»Nein, nicht so, niemand, ich selbst ...«

»Du meinst, du hast dich angreifbar gemacht?«

»Ja, so sagt man.«

»Womit?« Er sog an seiner Zigarette, drückte sie dann aus.

»Ich habe Ableger, Samen und Schösslinge von seltenen Arten von Kórnik nach Deutschland gebracht.«

»Aber die botanischen Gärten tauschen doch Samen und Ableger untereinander, oder?«

»Darum geht es nicht; nicht um Samentausch und botanische Genbanken. Es geht um Pflanzen, die streng geschützt sind. Und ich habe sie nicht im Auftrag des Dendrologischen Instituts getauscht, sondern an Sammler und private Züchter verkauft.« Sie sah ihn ungläubig an.

»Du redest jetzt nicht von Blausternen?«

»Nein, ich rede von echten Raritäten, von seltenen Pflanzen, Zedern-Wacholder, verschiedene Euphorbien, exotische Farne und solche Sachen; und einer vom Institut in Kórnik ist mir – auf die Spur gestoßen. Es ist natürlich streng verboten. Er wäre damit bis ganz nach oben, bis zum Wissenschaftsministerium gegangen. Ich hätte eine Strafe bekommen und meine Stelle verloren, aber viel schlimmer, er hätte sich an den Bäumen vergriffen. Du verstehst, was das bedeutet, nicht wahr?«

»Deine Magnolien?«

»Es ist so einfach, sie umzubringen; ein Streifen Rinde rundum abgeschält – ein Eimer Kupfersulfat an die Wurzeln und fertig.«

»Aber das ist ja entsetzlich. Was ist das nur für ein Mensch! Ein Kollege? Was verlangt er von dir?«

Er richtete sich auf, knipste die kleine Leselampe über dem Bett an, griff nach den Zigaretten auf der Ablage und hantierte mit dem Feuerzeug. Sie stützte sich auf einen Ellenbogen und wartete. Er rauchte.

»Simon?«

Er schaute ihr ins Gesicht, streichelte ihre Schulter, umfasste ihre Brust, beugte sich hinab und küsste sie.

»Elinor, meine Schöne.«

»Simon, was will dieser Mann aus Kórnik von dir?«

»Er hat einen Gegendienst verlangt, wenn er schweigt und die Finger von den Bäumen lässt. Ein Päckchen, das ich hier für ihn deponiert habe.«

»Hier? Wo hier?«

»Auf dem Friedhof; unter einem Grabstein. Ein anderer Mann sollte es abholen. Mehr kann ich dir nicht sagen.«

»Und wo ist es jetzt? Hat er es abgeholt?«

»Es ist weg, aber ich höre nichts vom ihm.«

»Aber, was für ein Päckchen? Unter welchem Grabstein? Was ist da drin? Drogen? Sprengstoff? Kann es dir gefährlich werden?«

»Nein, nein, bitte, Elinor, lass es gut sein. Ich kann es dir nicht sagen. Es kommt alles in Ordnung «

»Im Leben nicht! Simon, worauf hast du dich da eingelassen?« Er schwieg. Sie versuchte, ihm ihre Hand zu entziehen, aber er hielt sie fest.

»Meine Liebe, würdest du jetzt bitte da weitermachen, wo du vorhin aufgehört hast?«

*

Eine frische Brise wehte an diesem ersten Oktobertag durch die Stadt. Jankowski hatte es vorausgesagt: das Wetter schlug um. Der Herbst war da. Der junge Mann namens Ulrich erschien pünktlich um neun in orangefarbener Kluft und Nelson tischte ein ausladendes Frühstück für alle auf, ehe auch er in die Stiefel stieg und sich die Arbeitshandschuhe überstreifte. Jankowski legte die Steigeisen an, schlang das Sicherungsseil um den Stamm der ersten Fichte, klinkte sich ein, klappte den Ohrenschutz und das Visier an seinem Helm herunter, startete die Kettensäge und begann seinen Aufstieg durch den pelzigen Efeu, wobei er rundum die Äste vom Baum trennte.

Im Haus hörte Elinor die Rufe der Männer, die sich verständigten, und das Knottern der Säge im Leerlauf, wenn Jankowski wartete, bis die Äste unter dem Baum weggeräumt waren. Dann heulte die Maschine wieder auf, ratschte durch das Holz und er stieg höher, bis der Baum wie ein grün belaubter Spargel aufragte und nur noch von seinem unter Jankowskis Gewicht schwankenden Wipfel gekrönt wurde. Er ließ sich vorsichtig ein Stück hinab, hob die Kettensäge und trennte den obersten Sprutz mit einem geraden Schnitt vom Stamm. Der Wipfel kippte und rauschte senkrecht an ihm vorbei in die Tiefe und zerschlug dabei zwei Scheiben des verglasten Balkons, hinter denen Frau Bienfait erschrocken ins Zimmer zurückwich.

Schritt für Schritt sägte sich Jankowski den Stamm hinunter, schnitt dabei jedes Stück nur so weit durch, bis er es mit einem gezielten Stoß umkippen und eng am Stamm herabfallen lassen konnte; viele Schnitte, viele Stöße, jeder länger, jedes Stück umfangreicher und schwerer, je tiefer er kam, in der Rechten die knatternde Säge.

Sie arbeiteten bis zum Mittag, als vier Bäume bis zum Stubben hinunter abgesägt waren, Elinor sie zum Essen in die Küche rief und sich selbst in den Garten hinaus wagte. Als sie zurückkam, lächelte sie.

»Es sieht gut aus! Es ist schon so viel heller! Und bisher ganz glimpflich abgelaufen. Die Kletterhortensie ist unverletzt.« Sie legte Jankowski eine Hand auf die Schulter und küsste ihn auf die Wange. »Ich bin so erleichtert! Dankeschön, Simon.«

»Wir sind noch nicht fertig«, erwiderte er – blass und wortkarg und Ulrich sah, dass seine Hand zitterte, als er die Tasse abstellte. Elinor bemerkte es nicht. Sie breitete großzügig die Arme aus.

»Und Nelson auch, Dankeschön für deine Hilfe, und Ihnen, Ulrich. Wie gut, dass Sie gekommen sind!« Der junge Mann sah Jankowski an.

»Es ist ziemlich windig geworden. Soll ich Sie mal ablösen, Doktor Jay?«

»Haben Sie das schon mal gemacht?«

»Nein, das nicht, aber ich glaube, ich bin ganz gut.«

»Dann lassen wir es besser, danke, Ulrich.«

Bibi trug ihren Anteil bei, indem sie Nelson von hinten umschlang, ihn als ihren starken Herzallerliebsten lobte und ihren Busen an seine Ohren drückte. Er löste ihre Arme von seinem Hals, beugte sich vor, schnitt sich noch ein Stück Pizza ab, rollte es zusammen und steckte es in den Mund. Dann gingen sie zurück an die Arbeit.

Elinor spülte das Geschirr, als das Kreischen der Säge abbrach. Weder hörte sie, wie der Wipfel barst und umknickte und Jankowski mit sich in die Tiefe riss, noch wie die Säge am Boden aufschlug. Sie hörte nur seinen langen Schrei und dann Nelsons alles übertönendes Gebrüll. Jankowski stürzte, griff nach den Zweigen des benachbarten Baums, die ihn nicht aufhalten konnten, durchschlug mit dem Rücken zuerst das Zeltdach des Ateliers und landete in Nelsons Installation auf einem eisernen Rechen. Für einen stolpernden Herzschlag, einen Augenblick des Nicht-Begreifens schien die Zeit stillzustehen. Dann rannte Nelson, um Jankowski aus dem Gestänge zu zerren und gleichzeitig mit rudernden Armen Elinor und Bibi davon abzuhalten, näher zu kommen. Es war Ulrich, der seinen Kopf beisammen hatte und wusste, was zu tun war. »Fass ihn nicht an!« schrie er, »lass ihn liegen, wenn's das Rückgrat ist«, drückte den Notruf auf seinem Telefon und alarmierte den Rettungswagen.

*

2. Teil
Der neunte Stein

Der Fuchs war nicht zurückgekommen. Für ihn roch der Platz am Gartentörchen nach vergiftetem Wasser. Deshalb brachte Elinor ihm die volle Blechschüssel ans Grab der Familie Bing, wo der Fuchs den Sommer über gesessen und auf seinen Trunk gewartet hatte. Sie wusste nicht, was ihn verscheucht hatte, aber sie hoffte, er werde mit der Zeit wieder Zutrauen fassen und ihre Nähe suchen. So hatte sie auch im regnerischen Oktober und den beiden Wochen seit Jankowskis Sturz den Fuchs versorgt. Er zeigte sich nicht, aber dass die Schüssel jeden Morgen leer war und er sich in den letzten Tagen ein trockenes Plätzchen hinter dem Stein herausgescharrt hatte, schien auf eine Verbesserung ihres Verhältnisses hinzudeuten. An diesem Abend sah sie genauer hin.

Wer hinterlässt denn eine solche Schweinerei, dachte sie, als sie die Schüssel abstellte und im modrigen Laub den aufgerissenen Plastikbeutel und das Klebeband auflas, an dessen Innenseite zwei kleine weiße glitzernde Steine hafteten. Sie richtete sich auf und drehte die Verpackung mit einem Aufdruck in polnischer Sprache hin und her. Das Blut strömte ihr zum Herzen, als sie verstand. Das muss es sein, dachte sie, Simon, das ist es, das ist dein Päckchen. Hier. Es gab keinen Kurier. Niemand hat es abgeholt. Sie ging um den Grabstein herum. Familie Bing – Bingo! Entschuldigung.

Vorsichtig suchte sie die Stelle ab, sortierte das Laub wandte die nassen Blätter um, trennte sie voneinander, krümelte die Erde durch die Finger, pickte sechs weitere Diamanten vom Boden auf und betrachtete sie auf ihrer Handfläche. Sie waren kreisförmig geschliffen mit einer Spitze in der Mitte und zahllosen Facetten, die aufblitzten, wenn sie die Hand bewegte. Sicher waren sie sehr kostbar, aber sie rührten in ihr keine Begehrlichkeit – zu kalt, zu indezent; ihr Wert ergab sich aus einer dieser Phantom-Verabredungen zwischen den Menschen, sich um ein Bröckchen geschliffenen alten Kohlenstoff zu reißen. Sie steckte die Steine in ihre Jackentasche. Auch die Verpackung nahm sie mit und warf sie vor dem Blauhaus in die Tonne, Abteilung Plastikmüll.

*

Es war ein Kriminalhauptkommissar Baer, ein kurzer, stämmiger Mann mit großen Händen, der Elinor ins Bild setzte, nachdem Jankowski vom Baum gestürzt war. Die Polizei hatte die Mansarde durchsucht, sein Mobiltelefon und ein Handy mit einer Prepaidkarte sichergestellt. Die letzte Nummer, die er damit angerufen hatte, war die eines Gregor Koszyk im polnischen Kórnik.

»Wir haben den Herrn Jankowski schon eine Weile im Auge«, sagte Kommissar Baer. »Er hat Verbindung zu den Männern, die 2015 im Londoner Diamantenviertel die Safes einer Depotfirma ausgeraubt haben – Hatton Garden; zweihundert Millionen Pfund an Gold, Schmuck und Juwelen, der größte Bruch in der Geschichte. Es handelt sich um ein international verzweigtes kriminelles Netzwerk. Die meisten Täter wurden in England gefasst, aber ein Teil der Beute ist immer noch in Europa unterwegs. In Bromberg wurde ein Mann, der sich absetzen wollte, von einem Komplizen erschossen.«

Sie standen sich in dem, was einmal Vaters Arbeitszimmer war und nach dem Auszug von Bibi und Nelson einer Obdachlosenunterkunft glich, gegenüber.

»Hatten Sie Mietnomaden im Haus?«, fragte Kommissar Baer teilnehmend und wurde sofort wieder dienstlich. »Jedenfalls wissen wir, dass Jankowski im Auftrag dieses Koszyk Diamanten von Polen nach Deutschland gebracht hat, um sie in Frankfurt an einen Kurier zu übergeben. Es sind Steine aus den Londoner Depots. Wir reden hier von hochkarätigen Brillanten, nicht von Rheinkieseln, Frau Sander. Koszyk war so etwas wie der Buchhalter der Bande. Der Mörder von Bromberg ist inzwischen gefasst und Koszyk hat gestanden.«

»Aber Dr. Jankowski ist doch kein Verbrecher«, stammelte sie. »Doch nicht so. Er wusste nicht einmal, was in dem Päckchen war, das er übergeben sollte.«

»Woher wissen Sie das?«

»So hat er es mir gesagt.« Der Kommissar zog ein kleines Notizbuch aus der Tasche und schien etwas auf seine Handfläche zu kritzeln.

»Das heißt, er hat sich Ihnen anvertraut?«

»Nein, nein, nur, dass es so eine Art Gefälligkeit für einen Mitarbeiter am Dendrologischen Institut war. Dr. Jankowski kannte den Kurier gar nicht.« Sie redete zu viel. »Haben Sie den Kurier ebenfalls gefasst?«

»Das sind verdeckte Ermittlungen, Frau Sander. Eine Sache für die Kollegen von Europol.«

»Und die Brillanten?«

»Desgleichen; wie ich sagte. In Jankowskis Wohnung oben wurden sie nicht gefunden. Auch nicht im Botanischen Institut. Was können Sie uns dazu sagen? Ist Ihnen etwas an seinem Verhalten aufgefallen? Hatte er Kontakte? Besucher?«

Was soll mir aufgefallen sein, dachte Elinor und fühlte sich von Trauer überschwemmt; seine Stimme, seine Hände, seine Umarmung ...

»Nein, soviel ich weiß, hatte er keine Besucher. Aber vermutlich Kontakte im Botanischen Institut. Er hat dort einen Forschungsauftrag.«

»Die Mitarbeiter wurden bereits befragt. Wir suchen in seiner Wohnung nach DNA-Spuren.« Und wenn schon, dachte Elinor und schloss ihre Rüstung.

»Da werden Sie meine wohl auch finden.« Er zeigte keine Reaktion.

»In diesem Fall stellen Sie uns bitte eine Probe zur Verfügung.« Elinor spendete ein Haar. »Ihre Mieterin,

Frau Bienfait, sagt uns, dass sie Jankowski vor etwa zwei Wochen an einem Vormittag auf dem jüdischen Friedhof gesehen hat«, fuhr er fort. »Sie hat ebenfalls beobachtet, dass er die Überwachungskamera auf Ihrem Gartentor manipuliert hat. Wussten Sie davon?« Sie sah ihn erstaunt an.

»Nein.«

»Könnte er auf dem Friedhof jemanden getroffen haben?«

»Ich habe keine Ahnung. Wir sind da ab und zu spazieren gegangen.«

»Sie zusammen?«

»Ja, er war sehr an der Geschichte der Grabmale interessiert und ich kenne mich ganz gut damit aus.« Baer notierte sich das, während sie sein gesenktes Gesicht betrachtete; die schmalen Schläfen, die Lippen, die ihm im Lauf der Zeit und vieler unerfreulicher Gespräche abhandengekommen waren. »Haben Sie dort nicht auch ein Familiengrab, Herr Kommissar?«

»Meine Urgroßeltern«, sagte er knapp.

»So viel Liebe und Treue dahin.«

»Frau Sander?«

»Steht auf dem Grabstein«, sagte Elinor.

*

Die Rettungssanitäter hatten Simon aus der Installation befreit und waren mit zuckendem Blaulicht und Martinshorn die Friedberger Landstraße hinauf zur Unfallklinik gerast. Elinor, von Entsetzen betäubt, hatte, als sie ihn vorbeitrugen, sein graues Gesicht, die blicklosen Augen und die Arbeitsjacke, aus deren Ärmeln das Blut lief, gesehen. Jankowski lebte noch. Die Chirurgen flickten ihn zusammen und man verlegte ihn auf die Intensivstation.

»Sind Sie mit Herrn Jankowski verwandt?«, fragte der Arzt, als sie dort anrief.

»Nein, natürlich nicht, aber ich ...«

»Dann kann ich Ihnen leider keine Auskunft erteilen. Nur so viel: Er war noch nicht wieder bei Bewusstsein.«

Nach der Ambulanz kam die Polizei und sperrte den Garten ab. Elinor setzte sich auf ihr Bett. Sie hörte Nelson, der nicht aufhören konnte zu brüllen, und Bibi, die heulend mit den Händen immer wieder auf den Küchentisch schlug. Elinor zog den Kater unter dem Kissen hervor, wohin er sich geflüchtet hatte, nahm ihn auf den Schoß und drückte ihr Gesicht in sein Fell. Aber er ertrug es nicht lange, machte sich frei und sprang auf den Boden.

Simon Jankowski wachte auch in den folgenden Tagen nicht auf. Die Polizei versiegelte die Mansardenwohnung, und nachdem der Unfallort freigegeben worden war und Elinor ihre Strafe für das unbefugte Absägen der Fichten gezahlt hatte – »Aber es sind meine Bäume in meinem Garten, auf meinem Grundstück!« – »Frau Sander, Sie hatten eine Genehmigung nicht einmal beantragt!« –, bestellte sie eine Fachfirma, die den fünften, den fast kahlen, den schrecklichen

Baum fällen durfte. Es dauerte nicht lang. Sie rückten an einem sonnigen Oktobertag in einem grünen Pritschenwagen an, auf dessen Blech ein Laubbaum spross und »Mit Bäumen leben« stand, sägten die Fichte um, hackten den Stamm in Stücke, schredderten das Efeugebüsch und einen Berg toter Äste und zermalmten dabei alles, was bei der ersten Operation noch glimpflich davongekommen war. Gegen ein Aufgeld nahmen sie Nelsons Werk samt dem Zelt mit und luden es beim Wertstoffhof ab. Der Künstler rettete Elinors Gießkanne und seine Beleuchtungsanlage.

Unter dem ersten Herbstregen schoss der Garten ins Kraut. Trinkt, meine Lieben, trinkt, sagte Elinor in Gedanken zu ihren Pflanzen. Sie beauftragte einen Gärtner, ihre Hortensien aus dem Keller zu holen und wieder auszupflanzen. Sie selbst blieb am Fenster stehen und setzte keinen Fuß mehr in den Garten.

Die Ausstellung über Flucht und Exil deutscher Schriftsteller wurde in der Deutschen Nationalbibliothek eröffnet und die Leiterin des Exilarchivs hatte allen Grund, nun auch an den Abenden vor Ort zu sein und den Vorträgen der Referenten, die sie eingeladen hatte, zu folgen. Elinor hatte ebenfalls über Exil und Vertreibung geschrieben. Sie hatte versucht, sich vorzustellen, wie es war, ohne Freunde, ohne Sprache und ohne Anker durchs Leben zu treiben. Nun glaubte sie es zu wissen.

*

Nelson brauchte ein paar Tage, bis er begriff, dass er an der Stätte seines Wirkens nicht bleiben konnte, und packte seine Sachen. Bibi lief zu Elinor; ihr Gesicht glänzte vor Empörung. Sie fuhr sich mit den Händen in den Ausschnitt und zerrte an ihrer Wäsche.

»Wenn du ihn rausschmeißt, gehe ich auch«, rief sie. »Ich bleibe bei meinem Herzallerliebsten.« Und fügte in ihrer lebenstüchtigen Art hinzu: »Das kannst du nicht machen. Dazu hast du kein Recht. Mir gehört das Haus genauso wie dir. Wenn ich gehe, musst du mich ausbezahlen, Lio. Und ich sag' dir eins, das wird total teuer!«

»Das kannst du dir hinter den Spiegel stecken, kleine Schwester«, erwiderte Elinor und etwas lauter: »Herrgott noch mal, wie dickfellig kann man sein! Habt Ihr noch nicht genug angerichtet! Was ist, wenn Jankowski stirbt? Ermordet von diesem hirnrissigen Kunstwerk. In meinem Garten!

»Mooooment!«, sagte Nelson und hob einen Zeigefinger. »Der Typ hat ja noch Glück gehabt. Das Zeltdach hat ihn erst mal aufgefangen. Stell dir vor, er wär' direkt aufs Pflaster geknallt.«

»Er ist in einen Rechen geknallt«, schrie Elinor außer sich, »in meinen Rechen, den du Idiot da reingesteckt hast! Wie kannst du es wagen, von Glück zu reden! Mir ins Gesicht. Wie kannst du es wagen, dich hier überhaupt noch blicken zu lassen! Was bist du nur für ein Mensch! Hau ab, verschwinde! Ich will dich hier nicht mehr sehen! Los, verschwindet – alle beide!«

Das taten alle beide, stiegen in den Transporter und hinterließen einen klumpigen Futon, Elinors Bademantel mit einem Kaffeefleck, ein Paar blutverschmierte Arbeitshandschuhe (Nelsons), eine ganze und eine zerrissene Sandale (Bibis), eine Kiste mit Stoffresten und drei verbogene Zeltstangen.

Am Tag darauf klingelte der Monteur, den ihr die jüdische Gemeinde angekündigt hatte, stieg auf die Leiter, schraubte an den Scharnieren, richtete die Kamera wieder auf das Gattertor, stieg ab, prüfte, stieg auf und richtete erneut. Das Neigen und Ausrichten dauerte bedeutend länger als der Stoß, den Jankowski der Kamera in die Gegenrichtung versetzt hatte, aber er hatte dafür auch keinen Stundenlohn berechnet.

Der Monteur ging, ohne das Törchen zu verschließen, und Elinor rief bei der jüdischen Gemeinde an, um Marcel Speyer zu danken. Er hatte in der FAZ von dem tragischen Unfall in ihrem Garten gelesen. Sie sei gewiss sehr erschüttert und da sie ihm so bewegend geschildert habe, wie – ja, wie teuer ihr der Friedhof sei, habe er dafür gestimmt, dass der Schlüssel weiterhin bei ihr verbleibe. – Ob die jüdische Gemeinde an den Fotos ihres Vaters interessiert sei, die sie ihm gegenüber erwähnt hatte, fragte Elinor.

»Ja, durchaus«, sagte Herr Speyer. »Wir haben im Vorstand auch darüber gesprochen. Darf ich Sie in dieser Sache einmal aufsuchen?«

Sie fuhr mit dem Bus zur Unfallklinik und fragte sich zur Intensivstation durch. Hinter der Milchglastür sprach sie ein Pfleger an: Hier können Sie nicht rein. – Zu wem? Verwandt mit?

»Nein, aber ich bin eine gute Freundin. Herr Jankowski hat hier keine Familie.«

»Da muss ich erst Dr. Bodenberger fragen.«

»Oh, selbstverständlich; das ist sehr verantwortungsbewusst von Ihnen.« Er warf ihr einen Blick zu. Sah vernünftig aus.

»Zimmer 209. Und Sie sind bitte sehr vorsichtig.«

Sie fand ihn allein in einem Raum, im Mittelpunkt einer Anordnung von aufeinandergestapelten Apparaten und Monitoren, über die Kurven und Diagramme liefen. Er lag halb aufgerichtet auf dem Rücken in einem grünen Kittel, gestützt von zwei Kissen, mit einem Schlauch in der Nase, Kanülen in seinen Handrücken und mehr Schläuchen, die unter der Bettdecke verschwanden. Seine Augenlider waren halb geschlossen. Er atmete, er war warm, er sah fast heil aus, belebt und unbelebt zugleich. Sie flüsterte seinen Namen.

»Hörst du mich? – Geh nicht weg – bleib da – bitte stirb nicht! Es ist alles meine Schuld. Verzeih mir, Simon. Ich muss wahnsinnig gewesen sein. Wie konnte ich dich bitten! Wenn du stirbst, bin ich verloren.« Sie stand lange mit hängenden Armen neben dem Bett, dann schob sie vorsichtig ihre Hand unter den grünen Kittel und legte sie ihm sacht auf die Brust. Sein Herz schlug, sein Blut kreiste, er atmete, er war warm.

Auf dem Flur kam ihr der Arzt entgegen – Dr. Bodenberger? Sie stellte sich vor. Welche Chancen bestünden für Dr. Jankowski? Wann würde er das Bewusstsein wieder erlangen? Doktor Bodenberger war in Eile – was denn sonst? Zimmer 209? Patient liegt im Koma. Schädel-Hirntrauma dritten Grades mit Einblutungen im Gehirn. Polytrauma mit vier Knochenbrüchen, rechtes Schultergelenk und drei Rippen, schwere Schnittverletzungen im Rücken; verletzungsbedingt hoher Blutverlust. Ein Zinken des Rechens habe die Leber nur knapp verfehlt. Es werde alles getan, selbstverständlich. Einige Test-Ergebnisse stünden noch aus. Eine Gewissheit gäbe es nicht.

»Aber Hoffnung?«

»Hoffnung prinzipiell immer.«

*

Nachdem die Polizei das Siegel an der Wohnungstür entfernt hatte, stieg Elinor in die Mansarde hinauf. Frau Hensel hörte sie dort lange hin- und hergehen, und als sie mit Jankowskis Seesack auf dem Rücken, einem Bündel Bettwäsche unter dem einen und der Wodkaflasche unter dem anderen Arm wieder herunterkam, öffnete sie ihre Tür.

»Es tut mir unendlich leid, Frau Sander«, sagte sie. »Poor dear, ich kann Sie gut verstehen. So ein netter Mann!«, und Elinor ließ die Bettwäsche fallen und brach in Tränen aus.

In ihrer Wohnung goss sie sich einen Wodka ein und schlug *Das Arboretum von Kórnik* auf. Von der hinteren Umschlagklappe sah ihr der Autor Simon Jankowski entgegen, Doktor der Botanik, Mitglied der Polnischen Akademie der Wissenschaften (PAN), Fachmann für Magnolien und andere Ziergehölze am Dendrologischen Institut in Kórnik, dem größten und ältesten Arboretum in Polen, verheiratet in erster Ehe mit der Gartendesignerin Ewa Jachnik; ein Sohn, Filip Jankowski, Geologe. Erste Ehe? dachte Elinor, keine zweite? Keine Frau in seinem Leben?

Sie betrachtete die Fotos des Landschaftsparks, in dem die Bäume wie alte Freunde beisammen standen, die ihre Vorzüge einander nicht neideten, sah den Lehrpfad mit Gehölzen aus aller Welt, Schwedische Mehlbeere und Persische Akazie, Japanischer Perlschnurbaum und Rote China-Birke, Parrotie und Paulownie, Zitterpappel und Flatterulme. Sie blätterte die Seiten um und sah die aus dem Wasser ragenden »atmenden« Wurzelknie der alten Sumpfzypressen – »unsere Champions, die Wahrzeichen des Arboretums«, wie der Autor schrieb –, Nahaufnahmen von Stämmen in glattem elegantem Grau, oder gefurcht wie Panzerechsen und von majestätischen Kronen, in denen die Vögel hausten. Sonnenlicht strömte durch die Wipfel und über die Wege. Rhododendren in Rot, Violett und Orange türmten sich wie brennende Wolken übereinander, und da prangte auch die hundert Jahre alte Yulan-Magnolie in voller Blüte; seine empfindsame weiße Yulan-Magnolie.

Einen See gab es auch und ein altes Schloss, neugotisch, berühmt, irgendwann von Karl Friedrich Schinkel umgebaut, mit Türmen und Zinnen, umgeben von einem Wassergraben. Vor dem Portal hatten sich die Mitglieder des Dendrologischen Instituts zum Gruppenfoto aufgestellt; Dr. Simon Jankowski Mitte links außen; sein Haar noch ganz dunkel, mit einem Lächeln und den Händen in den Hosentaschen; in der Reihe über ihm Professor Gregor Koszyk, ein rundes Männlein mit blitzender Brille und einem krausen Haarschopf, der Erpresser, der Buchhalter der Bande. Kórnik, 2011.

Wann hatte diese gemütvolle Erscheinung herausgefunden, dass Simon streng geschützte Pflanzen verkaufte? Und wann hatte er gedroht, dessen Magnolien zu vergiften, wenn er die Diamanten nicht nach Deutschland schmuggelte? Sie nahm die letzte Orientzigarette aus der gelben Schachtel, die sie auf der Ablage neben seinem Bett gefunden hatte, zündete sie an, atmete den süßen Rauch ein und saß mit dem aufgeschlagenen Buch im Schoß so lange, bis Dunkelheit und Weh sie gänzlich eingehüllt hatten.

Wer sollte sich nun um Simon kümmern? Wer war seine Familie? Hatte die Polizei sie verständigt? Am nächsten Tag rief sie im Präsidium an und bat Kommissar Baer, ihr die Adresse des Sohnes zu nennen. Bei dieser Gelegenheit stellte sie fest, dass er mit ihr noch nicht fertig war.

Selbstverständlich hatte man in der Mansarde überall ihre DNA gefunden, an der Zigarette im Aschenbecher, im Waschbecken, im Bett. Sie sprach es mit Genugtuung aus: Ja, sie hatte ein »persönliches Verhältnis« mit Simon Jankowski. Nein, sie hatte es nicht für nötig gehalten, das bei ihrer ersten Befragung anzugeben. Nein, Herr Dr. Jankowski hatte nicht gewusst, was er für Gregor Koszyk nach Frankfurt mitnehmen sollte. Die Polizei hatte Spuren von Fett, vermutlich von Schweineschmalz an seiner Kleidung und im Eisfach des Kühlschranks gesichert. Nein, das konnte sie sich nicht erklären. Ja, natürlich, sie würde Kommissar Baer anrufen, wenn ihr noch etwas einfiele.

*

Darüber waren zwei Wochen ins Land gegangen. Nachdem sie ihm schon verschwiegen hatte, dass Jankowski irgendwo auf dem jüdischen Friedhof ein Päckchen deponiert hatte und es sich dabei keinesfalls um einen Freundschaftsdienst für den Kollegen Koszyk vom Dendrologischen Institut handelte, war ihr nichts eingefallen, was sie ihm noch hätte sagen können. Nun hatte sie die Tüte, das Klebeband und acht Diamanten hinter dem Grabstein der Familie Bing aufgelesen. Sie rief Kommissar Baer nicht an, denn es herrschte Krieg. Fabienne Sander hatte ihr durch die Rechtsanwaltskanzlei Sartorius schriftlich mitteilen lassen, dass sie als Teil der Erbengemeinschaft Sander beabsichtige, das Blauhaus zu verkaufen und die Hälfte des Erlöses geltend zu machen. Genau Bibis Art, eine alte Rechnung zu begleichen, dachte Elinor.

Wie viel war das Blauhaus wert? Sie suchte im Internet nach vergleichbaren Immobilien im Frankfurter Nordend und war erschüttert. Eineinhalb, zwei Millionen Euro aufwärts für Nachkriegsbauten, die größer als ihr Haus, aber ohne ästhetischen Mehrwert und ohne Garten zum Verkauf standen. Wären die Londoner Diamanten kostbar genug, um Bibi mit dem Erlös zu befrieden? Sie klickte sich durch Auktionen und Preislisten, lernte, dass es sich um Steine im Voll- oder Brillantschliff handelte, aber da sie nicht einmal wusste, nach wie viel Karat, welcher Farbe und welchem Grad an Reinheit sie suchen sollte, schaltete sie ihren Computer wieder aus.

Langsam dämmerte ihr, was es bedeutete, die Polizei zu hintergehen. Sie war eine blutige Amateurin, die versuchte, fremdes Gut zu Geld zu machen. Dabei war ihrem Gewissen der Umstand zu Hilfe gekommen, dass sie die Diamanten weder begehrte, noch dass sie die Steine geraubt hatte. Sie hatte sie lediglich gefunden. Das war etwas anderes und rechtfertigte – natürlich keinen Besitzanspruch, milderte aber den Zwang, sie auszuliefern.

Die meisten der Täter, die in Hatton Garden die Depots der Diamantenhändler ausgeräumt hatten, waren gefasst worden, hatte Kommissar Baer gesagt; die meisten, aber nicht alle. So wenig wie Europol würden die übrig gebliebenen Gangster Jankowskis Päckchen als Schwund abschreiben und die Sache vergessen. Sie waren keine Amateure. In Bromberg hatten sie einen der ihren erschossen, der sich mit der Beute davonmachen wollte. Unbemerkt von Elinor, liefen Rädchen weiter, bewegten sich Menschen, sprachen über sie, suchten sie, näherten sich, sahen sie. Sie hatte sich nicht nur angreifbar sondern auch schuldig gemacht. Noch könnte sie alles nachholen, ihren Fund bei der Polizei melden, unbehelligt und unbescholten bleiben. Auch wenn sie das Geld so dringend brauchte, um das Blauhaus gegen Bibis Ansprüche zu verteidigen.

Sie sprang auf, lief auf die Straße, wo die Mülltonnen in einer Hausnische hinter Metalltoren standen, und hob den gelben Deckel. Zu spät. Die Tonnen waren am Morgen geleert worden samt dem Klebeband und der Plastikhülle. Das kam also hinzu: Beweismittel vernichtet, Ermittlungen behindert.

Jetzt brauchte sie Zeit zum Nachdenken und deshalb mussten die Brillanten, die sie in ein Stofftaschentuch geknotet, in einer Schublade zwischen ihre Strümpfe gesteckt hatte, erst einmal wieder verschwinden. Sie kramte ein Plastiktütchen und eine Rolle Tesafilm heraus, ließ die Glitzersteine in die Tüte rieseln, umwickelte sie zu einem Klumpen, nicht größer als ein Golfball.

Es war ein nasser Oktoberabend, die Platanen warfen ihre nackten Kronen im Sturm hin und her, als Elinor sich die schwarze Baskenmütze über die Ohren zog, die Hände in die Taschen von Jankowskis alter Barbourjacke steckte und auf den jüdischen Friedhof zum Grab von Caroline und Nathan Carl Baer marschierte, mit einem Schäufelchen eine Vertiefung unter die hintere linke Ecke des Fundaments kratzte, das Tütchen hineinsteckte, mit dem Fuß die Erde wieder darüberschob und festtrat.

Sie dachte, dass sie nun ruhiger werden würde, dass nur Zeit vergehen müsse, Zeit, in der sie vernünftig nachdenken und die richtige Entscheidung fällen würde, aber Simon Jankowski hätte ihr sagen können, dass sie sich in diesem Punkt irrte. Es gab keine Ruhe.

*

Dear Mr. Jankowski, begann Elinor. Es erschien ihr höflicher, ihre E-Mail an filipjankowski auf Englisch zu schreiben, als ihm mit deutschen Stiefeln ins Haus zu poltern. Sie stellte sich als die Vermieterin der Wohnung vor, die das Botanische Institut im Auftrag von Dr. Jankowski belegt hatte, und erkundigte sich, ob und wann er nach Frankfurt zu kommen gedenke, um seinen Vater zu sehen, der noch immer im Koma lag, und weitere Schritte zu unternehmen. Sie teilte ihm mit, dass sie die Sachen seines Vaters – einen Seesack mit Kleidung, ein Fernglas, eine Taschenlampe und ein Mobiltelefon – in Verwahrung halte. Anbei die Adresse der Unfallklinik. Der zuständige Arzt hieß Dr. Bodenberger. Yours sincerely.

Er antwortete ihr umgehend ebenfalls auf Englisch und mit Dear Ms Sander als ein in gesellschaftlichen Gepflogenheiten offenbar geschulter Mann. Er freue sich außerordentlich, von ihr zu hören und nun im Besitz ihrer und der Adresse der Klinik zu sein. Er schreibe ihr aus Krakau, wo er mit seiner Frau Antonina und einem kleinen Simon J. lebe und als Geologe für eine internationale Bergbaufirma arbeite. Er sei tief erschüttert vom Unfall seines Vaters und wäre dankbar, wenn sie ihm Näheres darüber mitteilen könne – das nun gerade nicht, Filip Jankowski, dachte Elinor –, die Auskunft der deutschen Polizei sei in dieser Hinsicht eher dürftig gewesen. Er beabsichtige, vermutlich schon in der nächsten Woche in Frankfurt zu sein, um seinen Vater zu sehen und im Auftrag der Familie die Formalitäten mit der Versicherung und der Unfallklinik zu regeln. Er wäre ihr sehr verbunden, wenn sie ihn dann empfangen könne, und schloss einen Hauch wärmer als Elinor mit kind regards.

*

Zwei Nächte später wachte sie von einem Geräusch auf, und ohne jede Schläfrigkeit wusste sie, dass jemand in ihrer Wohnung war. Sie lag still mit schwer klopfendem Herzen und aufgerissenen Augen im Dunkeln. Es gab nichts in greifbarer Nähe, das ihr helfen konnte, kein Telefon, kein Schürhaken, kein – nichts, aber sie hätte auch nicht gewusst, ob sie mit irgendetwas einem Eindringling entgegentreten würde, abgesehen davon, dass es in ihrer Wohnung keinen Schürhaken gab.

Der Mensch im Nebenzimmer gab sich keine Mühe,

sein Dasein zu verheimlichen. Vielmehr trat er die Türe auf und leuchtete ihr mit einer Taschenlampe ins Gesicht. Aus Elinors Kehle kam ein Keuchen. Hinter dem Lichtkegel glaubte sie eine große, schwarze Gestalt wie einen Taucher im Neoprenanzug zu sehen. Die Gestalt trat an ihr Bett und Elinor hatte keine Gelegenheit mehr, sich zu wehren oder zu schreien, denn sie verlor das Bewusstsein, als der Eindringling ihr mit professioneller Geschicklichkeit die Stablampe auf den Kopf schlug, ihren Mund mit Pflaster zuklebte und ihre Hände mit Kabelbinder auf dem Rücken zusammenzurrte.

Als sie zu sich kam, lag sie auf dem Fußboden neben dem Bett. Ihr war sehr kalt. Blut war ihr in die Haare und ins Auge gelaufen. Das Entsetzen drohte ihr den Atem abzupressen. Sie konnte den Mund nicht öffnen, das Pflaster nicht abstreifen, die Fessel nicht lösen. Sie konnte sich nur an der Bettkante aufrichten, ins Nebenzimmer und, mit dem Fuß ihre aufgebrochene Wohnungstür beiseite schiebend, ins Treppenhaus taumeln und sich im ersten Stock so lange gegen Bienfaits Tür werfen, bis Herr Bienfait drinnen schrie, Aufhören! Er werde die Polizei rufen, und das dann glücklicherweise auch tat.

Ihre Wohnung war verwüstet. Die Eindringlinge hatten sie selbst aus dem Bett geworfen, die Kleider, Wäsche und Strümpfe aus Schränken und Schubladen gerissen, die Bücher aus dem Regal, die Schallplatten, das Geschirr, die Gläser in der Speisekammer, die Besteckkästen, die Papiere aus dem Schreibtisch; sogar die Puderdose im Bad war ausgeleert. Vaters Sukkulenten und seine Kameras lagen zertreten auf dem Boden. Auch Jankowskis Seesack war aufgeschlitzt, der Inhalt verstreut worden. Es war eine eindrucksvolle Darstellung krimineller Energie, vermutlich von mehr als einem Mann in Szene gesetzt, und was immer die Einbrecher gesucht hatten, und Elinor glaubte es zu wissen, sie hatten als Beifang Jankowskis Fernglas, ihren Granatschmuck und ein Paar goldene Ohrringe mitgenommen. Das seegrüne Paperweight war abgestürzt, aber heil geblieben. Nur ihr alter Computer stand noch auf dem Schreibtisch.

Kommissar Baer wusste es ebenfalls. Der Notarzt hatte Elinors Kopfwunde versorgt und ihr etwas gegen den Schock verabreicht, dennoch konnte sie nicht aufhören zu reden und mit den Händen zu fuchteln. Sie wusste nicht, was die Polizei von ihr wollte. War das hier nicht schon furchtbar genug?! Sie würde Anzeige erstatten, gleich morgen. Sie würde den Rest der Nacht bei Frau Hensel auf dem Sofa verbringen, kein Problem, Frau Hensel hatte es angeboten. Sie war schon wieder ganz beisammen, doch! Sie brauchte diese vielen Leute hier nicht. Dieses grauenhafte Durcheinander würde sie aufräumen, gleich morgen. Wo war der Kater abgeblieben?

»Heinz! HEINZ!«

»Sie leben gefährlich, Frau Sander«, sagte Baer. »Die Einbrecher werden immer brutaler. Sie hatten Glück.

Nur schwere Körperverletzung, tja. Er hätte sie auch totschlagen können. – Was hat der Täter hier gesucht? Sie wissen es doch, nicht wahr? Wir können Sie nicht schützen, wenn Sie nicht mit uns kooperieren.« Verwertbare Fingerabdrücke wurden keine gefunden, lediglich eine winzige rote Polyesterfaser am aufgebrochenen Türschloss. In der folgenden Nacht zog sie mit dem Nötigsten in die Mansarde. Heinz kam mit.

Das Aufräumen musste sie allein besorgen. Mit grimmiger Entschlossenheit bestellte sie den Sperrmüll, kehrte, ohne Ansehen der Reste Scherben, Splitter, Fetzen zusammen und warf sie weg, stopfte alles, was heil geblieben und waschbar war, in die Maschine und schrubbte den Küchenboden. Der Gedanke, dass ein Mann sie herumgezerrt hatte, als sie bewusstlos war, ihr Bett, ihre Kleider und ihre Wäsche, einfach alles, was ihr gehörte, angefasst, aufgerissen und beschmutzt hatte, ekelte sie fast bis zum Erbrechen und gerade als sie es über sich gebracht hatte, Teewasser aufzusetzen, läutete es an der Tür. Sie zuckte zusammen, ein Löffel klimperte auf die Fliesen.

Es war Marcel Speyer. Er kam ungelegen, das sah er sofort. Die Frau war nicht auf dem Posten. Sie hatte wilde Augen, ein Teil ihres buschigen Haars war abrasiert und sie trug ein großes Pflaster auf dem Kopf. Nicht ganz dieselbe, die er im Sommer auf dem Friedhof angesprochen hatte.

»Ich komme ein andermal, Frau Sander; es tut mir leid, ich hätte vorher anrufen sollen.«

»Nein, bitte treten Sie ein. Entschuldigen Sie die schreckliche Unordnung. Ich hatte vor zwei Tagen Einbrecher im Haus. Jetzt geht es ans Aufräumen. Aber ich bin froh, eine Menschenseele zu sehen. Möchten Sie auch einen Tee?« Es war ein Angebot, das er nicht ablehnen konnte. Erst der schauerliche Unfall im Garten und nun das, dachte er. Dabei redet sie, als habe sie vor zwei Tagen den Klempner im Haus gehabt. Vielleicht hatte sich bei dieser Gelegenheit eine Schraube gelockert.

»Ich muss Sie in die Küche bitten. Die anderen Zimmer sind noch nicht aufgeräumt. Leider wurde auch die Hasselblad meines Vaters zerstört. Aber die Mappen mit seinen Fotos sind noch da und unbeschadet. Sie standen im Flur hinter dem Schrank.«

»Frau Sander, ich möchte Sie jetzt wirklich nicht behelligen.«

»Oh, bitte, Herr Speyer, behelligen Sie mich. Grünen oder schwarzen Tee?«

»Schwarz bitte.«

Sie goss kochendes Wasser über die Blätter und stellte zwei blaue Emaillebecher auf den Tisch.

»Leider ist auch viel Porzellan zerbrochen; das ist eigentlich das Geschirr für den Garten. Es ist nicht ganz passend, nicht so schön, wie Sie sehen, aber es geht auch nicht so schnell kaputt. Nehmen Sie Zucker? Milch? Wo habe ich …?« Sie blieb mitten in der Küche stehen, als habe sie sich in der Fremde verlaufen. »Eigentlich sollten hier auch irgendwo noch Kekse sein. Die Speisekammer wurde leider ebenfalls verwüstet, also ich …«

»Bitte machen Sie sich keine Mühe.« Dann flog ihn beim Anblick dieser in Auflösung begriffenen Person ein Erbarmen an. »Vielleicht sollten wir erst einmal zusammen die Fotos vom Friedhof durchsehen? Würde Ihnen das helfen, Frau Sander?« Sie ließ die Schultern sinken.

»Ach, ich glaube, das wäre eine wunderbare Idee.«

Als Marcel Speyer zwei Stunden später ging, trug er drei große Mappen voller Schwarzweißabzüge unter dem Arm und hinterließ seine Visitenkarte: Speyer & Herz, Rechtsanwälte, eine Adresse in Bockenheim. Elinor setzte ihre Lesebrille auf. Wofür, überlegte sie, bräuchte ich gleich noch mal einen Rechtsanwalt?

*

Elinors Haare waren noch nicht nachgewachsen, als Filip Jankowski nach Frankfurt kam. Sie hatte sich eine asymmetrische Frisur schneiden lassen, was ihr ein verwegenes Aussehen verlieh, betont von der frischen Narbe unter dem Stoppelhaar. Er fragte nicht nach dem Grund der Verletzung, sie fragte, wie er seinen Vater in der Unfallklinik vorgefunden habe. Unverändert. Was sollte geschehen? Er würde dort vorläufig bleiben und falls sich sein Zustand nicht bessere, auf eine Pflegestation verlegt. Er lag im Koma. Er war weder ansprechbar noch transportfähig.

Der Sohn kam zum Tee ins Blauhaus. Frau Hensel musste sich für einen Nachmittag von ihrem Spode-Service trennen. Es gab Butterkuchen vom Bäcker. Die Wohnung roch nach frischer Farbe und sah aus, als sei die Dame entweder nur provisorisch eingezogen oder schon wieder auf dem Weg zu einer neuen Adresse. In einer Ecke hatte sie einen niedrigen Tisch zwischen ein Ledersofa und zwei Sessel geschoben. Ein getigerter dicker Kater stolzierte ins Zimmer, sprang auf den Sessel, auf dem er sich gerade niederlassen wollte, und starrte ihn provozierend an. Also nahm er mit dem zweiten vorlieb, der Gastgeberin gegenüber, die mit zusammengedrückten Knien und unangelehnt auf der Sofakante hockte.

Ihr förmliches Gehabe beeindruckte ihn keineswegs und im Stillen bedauerte er das Arrangement. Kein Mensch kann vornübergebeugt in einem Sessel bequem Tee trinken und Kuchen essen. Sie sprachen Englisch miteinander, was ihnen leichtfiel und das Problem der Ansprache fürs Erste umging. Nicht lange:

»May I call you Elinor, Ms Sander?«

»Yes, Filip, you may.« Ein ›Jankowski‹ hätte sie kaum über die Lippen gebracht. Er sah ihm so ähnlich – dieselben grauen Augen und schmalen Wangen, dieselben langen Beine, die gleichen gewandten Schultern –, dass Elinor errötet war, als sie ihm die Tür geöffnet hatte. Aber anders als Simon, der eher eine Aura von ägyptischem Tabak und trockener Rinde um sich verbreitete, roch der Sohn nach einem grünen Aftershave.

»Wie ich Ihnen schon schrieb, ich habe die Sachen Ihres Vaters aufbewahrt, aber ich muss Ihnen leider sagen, dass bei mir eingebrochen wurde. Der Seesack wurde beschädigt und sein Fernglas gestohlen.« Er sah sich in dem großen dunkel getäfelten Raum um. Am Fenster stand ein Schreibtisch, die Platte leer bis auf einen etwas bejahrten Computer. Ein Teppich lag zusammengerollt vor dem ausgeräumten Regal, die Bücher stapelten sich auf dem Fußboden, Bilder lehnten an der Wand. Es war recht kühl. Tagsüber drehte Elinor die Heizung in der Wohnung ein wenig auf, aber sie schlief noch immer in der Mansarde. Heinz, dessen Fressnapf in der Küche stand, stieg zweimal am Tag drei Stockwerke mit ihr hinunter und wieder hinauf. Elinor fand, er sei etwas schlanker geworden.

»Ich verstehe«, sagte Filip Jankowski, »das ist natürlich bedauerlich, aber ein Fernglas ist zu verschmerzen. Hat die Polizei die Täter gefasst?«

»Ach, nein, wo denken Sie hin!«

»Ich sehe, Ihre eigenen Verluste waren größer.«

»In der Tat.«

»Wäre es wohl möglich, den Ort zu sehen, wo mein Vater gestürzt ist?« Sie hob eine Hand.

»Draußen im Vestibül rechts die Treppe runter zur Hintertür. Der gepflasterte Platz im Garten. Sie finden den Weg allein. Ich gehe nicht mit Ihnen.«

Er faltete sich mühelos aus dem niedrigen Sessel in die Höhe und verschwand. Als er zurückkam, war der Tee kalt geworden und Elinor saß in derselben Haltung, in der er sie verlassen hatte, auf dem Sofa. In deutsche Eiche geschnitzt, dachte er; wird ein schwieriger Fall.

Er ließ sich wieder im Sessel nieder und sah auf seine verschränkten Hände zwischen den Knien, dann hob er den Kopf und runzelte die Stirn.

»Ich verstehe eins nicht: Wie kam er nur dazu, auf diesen Baum zu steigen?«

»Ich hatte ihn darum gebeten«, sagte Elinor tapfer. »Ich hatte ihn gebeten, die Bäume zu fällen.«

»Und damit war er einverstanden? Wirklich? Oder haben Sie ihn gedrängt?«

»Nein, ich habe ihn nicht gedrängt.«

»Sie wussten nicht, dass mein Vater ein Alkoholproblem hat? Dass er gar nicht fit genug war für einen solchen Akt?«

»Verzeihen Sie, nein«, erwiderte sie beherrscht. »Es war ein Freundschaftsdienst. Er hat ihn mir selbst angeboten.«

»Ein Freundschaftsdienst?«, fragte er mit ein wenig Schärfe in der Stimme. Sie funkelte ihn wütend an und er merkte, dass sich soeben eine Tür geschlossen hatte. Ms Sander war nicht die Frau, die sich von einem Fremden ins Gebet nehmen ließ.

»Ihr Vater wäre durchaus Manns genug gewesen, meine Bitte abzulehnen, und er machte einen fitten Eindruck.« Er ärgerte sich über seinen Fehler – sie sollte ihm doch Vertrauen schenken – und bemühte sich, ihn umgehend auszubügeln.

»Ich verstehe«, sagte er noch einmal. »Tut mir leid. Es muss für Sie ein furchtbarer Schock gewesen sein.«

»Ja«, sagte Elinor, »ein Schock, in der Tat. Aber es

wäre doch sehr hilfreich, wenn Sie nicht alles gleich verstehen wollten.« Sie hielt weiter die Tasse mit dem kalten Tee in der Hand. Er hatte den Kopf gesenkt und blickte zwischen seinen Knien auf den Boden. Verdammt!

»Wie alt sind Sie, Filip?« Ein anderer Ton. Schon besser. Er sah auf.

»Ich bin zweiunddreißig. Ich bin bei meiner Mutter aufgewachsen. Meine Eltern wurden geschieden, als ich zehn war. Aber ich habe meinen Vater oft gesehen, in den Ferien und auch sonst. Er kam immer zu uns. Poznań ist nicht weit von Kórnik entfernt.«

»Erzählen Sie mir von ihm.« Er sah sie erstaunt an. Worauf wollte sie nun hinaus? Lief da etwas zwischen den beiden?

»Er ist ein sehr guter Wissenschaftler, auf seinem Gebiet eine absolute Koryphäe, er …«

»Nein, etwas Persönliches. Stehen Sie sich nahe? War er Ihnen ein guter Vater?«

»Er hat mich so gern, wie er einen Menschen, der kein Baum ist, gern haben kann.« Und um die kleine Bitterkeit zu überspielen, lachte er: »Ich habe ihn natürlich auch ziemlich gern. Und mein kleiner Sohn ist schon genau wie er: Bäume, nichts als Bäume, wenn auch eher zum Draufklettern.« Er stutzte und dachte dann laut weiter: »Nun ja, das ehrgeizige und sinnfreie Baumbesteigen haben die beiden offenbar gemein.« In dem folgenden Schweigen stellten sie endlich die Tassen ab. »Ich habe nach der Schule Geowissenschaften studiert. Das konnte er überhaupt nicht verstehen; totes Gestein, langweiliges Geröll, aber so ist es ja nicht. Steine sind faszinierend; das Fundament. Sie erzählen die Geschichte unserer Erde.« Er brach ab. »Darf ich Sie jetzt etwas fragen, Elinor?«

»Nur zu.«

»Würden Sie morgen Abend mit mir essen gehen?«

»Oh«, sagte sie überrascht und lächelte, »was für eine nette Idee! Wie komme ich zu der Ehre?«

»Ich glaube, ich würde Sie auch gern ein bisschen näher kennenlernen.«

Als er ging, schulterte er Jankowskis mit Paketband zusammengeflickten Seesack. Eine alte Barbourjacke, blieb an der Garderobe hängen.

*

Sie empfahl ihm den Griechen in der Nähe der Bibliothek. Er reservierte einen Tisch und holte sie ab. Alte Schule, dachte Elinor; ein Punkt für ihn. Sie trug ein elegantes dunkelrotes Strickkleid und Pumps, und da die Einbrecher sie um ihre goldenen Ohrringe erleichtert hatten, bunten Modeschmuck; er zu einem schwarzen Hemd eine hellgraue Krawatte und ein ziemlich schickes Jackett.

»Sie sehen fabelhaft aus«, sagte er und half ihr aus dem Mantel. Noch ein Punkt. Der Wirt, Sakis, kannte Elinor als Frau Sander von der Deutschen Nationalbibliothek, die ihn gelegentlich mit Gästen beehrte. Er komplimentierte sie zu einem Tisch unter dem gläsernen Dach des Wintergartens. In den Türen spiegelte sich ihr Bild. Tatsächlich: fabelhaft.

»Schade, dass es schon so früh dunkel wird«, sagte sie. »Im Sommer ist es hier sehr schön, wenn der Garten geöffnet ist; ein richtiger Frankfurter Hinterhof, aber mit großen Bäumen und bunten Lichterketten, also auch ein bisschen griechisch.« Sakis zündete die Kerze auf dem Tisch an, klappte die Menukarten auf und verbeugte sich leicht.

»Wir haben heute auch frische Garnelen, Dorade mit Marktgemüse und Baby Calamares.«

»Keine Babys«, sagte Elinor, »ich nehme das erwachsene Iberico Schwein mit Steckrübenpüree, und vorher Auberginen-Tabouleh.«

»Sehr gerne. – Der Herr?«

»Gefüllte Weinblätter und zum Hauptgang das Lamm mit grünen Bohnen.« Er las es auf Deutsch ab, stockend und mit schwerem Akzent und wechselte gleich wieder ins Englische. »Ein Aperitif, Elinor?«

»Einen trockenen Sherry.«

»Zwei«, sagte der junge Mann. »Die Dame sucht den Wein aus.« Sie überflog die Karte.

»Ich denke, dann nehmen wir den Tsantali Cabernet Sauvignon. Der passt sicher ganz gut zum Essen.« Wie üblich entstand nach dem kulinarischen Vorgeplänkel eine Pause, in der sie ihre gestärkten Servietten über den Knien ausbreiteten. Der Sherry kam. Ich werde das hier genießen und kein Wort über diese furchtbaren letzten Wochen verlieren, dachte Elinor. Wie bringe ich sie dazu, über die Diamanten zu reden? dachte Filip.

»Sie leben in einem sehr schönen Haus, Jugendstil, nicht wahr?«

»Mein Urgroßvater hat es entworfen.« Sie erzählte ihm von dem städtebaulichen Projekt, der Ästhetik und Geschlossenheit des Ensembles, den großen Gärten hinter den Häusern. Schon rutschte man wieder gefährlich in Richtung Bäume, aber Filip half ihr hinaus, indem er sie nach ihrem Beruf fragte und sich als kenntnisreich auf dem Gebiet der osteuropäischen Literatur erwies. So kamen sie auf die Nobelpreisträgerin Wisława Szymborska zu sprechen – »Wussten Sie, dass sie in Kórnik geboren ist?« – und auf ihre Gedichte, deren eines Filip aus dem Stand auf Polnisch rezitierte, als Sakis mit der Vorspeise und dem Rotwein erschien und Elinor, die nichts davon verstand, sich die überflüssige Angeberei des Schwenkens, Schnüffelns und Schlotzens versagte und ihn bat einzugießen.

»Reif, samtig, körperreich, sehr gut ausbalancierte Säure, schöner Purpurton«, assistierte Sakis.

»Er steht Ihnen«, lächelte Filip und hob sein Glas. »Ein schöner Purpurton.« Sie hob das ihre.

»Sie machen erlesene Komplimente.«

»Ich spreche nur das Offensichtliche aus. Sie sind eine faszinierende Frau, Elinor, sehr intellektuell – können Sie auch samtig sein?« Doch nicht auf dem neuesten Stand gesellschaftlicher Gepflogenheiten, dachte sie.

Wie amüsant. Ein altmodischer junger Mann, der mich auf völlig inakzeptable Weise anbaggert. Gern hätte sie ihm erwidert, dass sie nicht samtig, sondern eher gegen den Strich gebürstet sei, aber auf Englisch fiel ihr das Entsprechende nicht ein. Reif, ja, aber auch für körperreich gab es kein Wort, sondern nur ein Gefühl.

»Finden Sie's raus, Filip«, sagte sie stattdessen und lächelte ihn breit an. Wenn dies ein Flirt werden sollte, war sie einverstanden. Sein weiches, klangvolles Polnisch hatte ihr gefallen. »Was war das für ein Gedicht?«

»›Katze in der leeren Wohnung‹, kennt in Polen jedes Schulkind.« Er konnte es auch auf Englisch hersagen: »›Sterben – das tut man einer Katze nicht an, / Denn was soll die Katze / in einer leeren Wohnung‹« und kam bis zu der Stelle »›Jemand war hier und war, / dann aber verschwand er plötzlich / und ist beharrlich nicht da‹«, als Sakis zu Elinors Rettung erschien, die Teller abräumte, sie das Auberginen-Tabouleh loben und, den Kopf senkend, nach dem Taschentuch kramend, ihre Bestürzung verbergen konnte, als sie tat, als müsse sie sich die Nase putzen. Sterben, nein, nicht sterben, aber stürzen, zerbrechen, verschwinden, Qual und Leere hinterlassen. Filip goss Wein nach.

»Ich habe Sie verstimmt«, sagte er leise.

»Nein, Sie haben mich nicht verstimmt.« Sie nahm einen großen Schluck vom Tsantali. »Es war das Gedicht – es hat mich einfach gerührt. Szymborska ist so eine …« mit knapper Not umging sie das Wort empfindsam, »so eine anmutige Dichterin, nicht wahr? Wissen Sie, was sie über die Schwalben geschrieben hat? ›Himmelfahrender Frack‹ – ist das nicht genial?«

»›Silberblick des Himmels‹«, zog er gleich, »›Frühe Vogelgotik‹.« Sie konnten über so viel schönes poetisches Einvernehmen lachen und er ließ eine bedeutungsvolle Pause entstehen. Aus der Scheibe blickte ihr Spiegelbild zurück. Ein schöner Purpurton.

»Elinor, was ich fragen wollte …« Schon nahte der Hauptgang und mit ihm die Gelegenheit, sich über die Teller zu beugen, Bratendüfte zu inhalieren und sich den Mund zu stopfen. Hier bin ich, dachte sie, und ich werde nicht über Simon sprechen, nicht mit ihm!

»Meins ist köstlich«, lächelte sie, »Ihres auch?«

»Ja, es ist sehr gut. – Elinor, ich muss Sie etwas fragen. Wissen Sie, was mein Vater hier in Frankfurt gemacht hat?« Sie griff zum Weinglas.

»Ja, natürlich, er hatte einen Forschungsauftrag, etwas über die Diversität der Magnolien. Er ist jeden Tag zum Botanischen Garten gefahren.«

»Tcha«, machte er. »Sie wissen, dass ich das nicht meine.«

»Was meinen Sie dann? Vielleicht sind Sie so freundlich, es mir zu erklären?« Es hatte kein Flirt werden sollen, sondern eine Befragung.

»Die Polizei wird Sie doch sicher informiert haben« – er senkte die Stimme, obwohl niemand in der Nähe saß und es zwei Tische weiter laut her ging – »dass er in einen – ähm, Fall verwickelt ist. London 2015, Hatton Garden.« Schweigen. »Sie wissen von den Steinen.« Er sprach langsam, drehte dabei den Stiel seines Weinglases in der Hand und ließ sie nicht aus den Augen. – Sag nichts, sag nichts! befahl sich Elinor.

»Ja, das habe ich gehört.«

»Hat er Ihnen davon erzählt?«

»Nein, hat er nicht. Er hat mir nur gesagt, dass ein Kollege aus Kórnik ihn gebeten hat, ein Päckchen für ihn nach Deutschland mitzunehmen, aber nicht, was darin ist.«

»Aber nun wissen Sie es.« – Sag's nicht! Sag's nicht!

»Ja«, antwortete Elinor mit trockenem Mund. »Kommissar Baer hat mich darüber informiert.«

»Und nun? Sie haben sie gefunden, nicht wahr?« Er sah sie mit Simons grauen Augen an. »Ich kann Ihnen helfen«, sagte er leise. »Vertrauen Sie mir, Elinor. Wir werden das arrangieren.« Sie faltete ihre Serviette so langsam und vorsichtig zusammen, als handele es sich um einen kostbaren alten Brief, und legte sie neben den Teller.

»Ja«, sagte sie, »ich habe sie gefunden.«

»Wo?«

»Auf dem jüdischen Friedhof.«

»In einem Grab?« Elinor sah ihn schweigend an. – Sag's nicht! Er lächelte und schließlich lächelte Elinor zurück.

»Ein Dessert?«

»Einen Ouzo«, sagte sie.

*

Am nächsten Tag ging sie zum ersten Mal seit Jankowskis Unfall wieder in den Garten. Ein sattes, bernsteinfarbenes Licht lag über den Beeten. Die Sonne stand schon tief im Westen und Elinor wandte ihr das Gesicht zu, schloss die Augen und spürte die Glut hinter den Lidern. Die Wärme war wie eine Liebkosung und erfüllte sie mit Frieden – oder doch einer Art von Frieden. Sie blinzelte, hob eine Schattenhand gegen die gleißende Scheibe und sah im durchsonnten Dunst den Fuchs jenseits des Tors zwanzig Schritte vor ihr gelassen zwischen den Grabsteinen sitzen und sie anblicken, ehe er aufstand, sich umdrehte und langsam davontrabte.

»Hallo, mein Fuchs«, flüsterte sie beglückt. »Da bist du ja wieder.« Dann begann sie aufzurichten, was die Männer, die vielleicht mit Bäumen aber bestimmt nicht mit Blumenstengeln lebten, in den Matsch getreten hatten, schnitt ab, was tot war, stützte, was noch lebte. Die furchtlosen Herbstastern hatten sich sogar unter dem schlammigen Profil einer Stiefelsohle zum Blühen entschlossen. Elinor befreite sie, band sie in allen Violett- und Rottönen zusammen und stellte sie in einen Krug auf den Küchentisch.

Mit einem kleinen Büschel Astern und einer späten Rose besuchte sie Jankowski in der Klinik, der nun auf der Neurologischen Reha-Station lag, zusammen mit drei deprimierenden alten Männern, die keinen Besuch bekamen, an die Decke starrten und Elinor ebenso wenig zur Kenntnis nahmen wie den komatösen Zimmergenossen. Sie zog einen Stuhl nahe ans Kopfende und sprach leise an seinem Ohr:

»Beachte sie nicht, Simon. Bleib ganz bei dir. Du wirst es schaffen. Du bist in Sicherheit. Es kommt alles in Ordnung. Filip ist da. Wir sind beide da.« Mehr wagte sie nicht zu sagen, und mehr wusste sie auch nicht. Was sollte aus ihm werden, wenn er wieder auf die Beine kam? In Kórnik war er ebenso aufgeflogen wie im Botanischen Institut. Vielleicht würde er sogar ins Gefängnis kommen und sicher nie mehr auf seinem Gebiet arbeiten können; ein Herr der Bäume ohne Bäume. Sie schob ihre Hand durch den weiten Ärmel des Kittels, legte sie ihm leicht auf die Brust und ließ sie lange dort. Sein Herz klopfte; er war warm, er atmete. Du lebst, dachte sie, du bist noch nicht auf dem Weg hinaus. Wach auf, Simon!

Im Blauhaus war Post für sie gekommen; ein dicker Umschlag, Kanzleipapier. Rechtsanwalt Sartorius bat sie in der Angelegenheit Erbengemeinschaft Sander um ein dringendes Gespräch. Seine Klientin, Frau Fabienne Sander sei nach wie vor entschlossen, die gemeinsame Immobilie, Rat-Beil-Straße 2a in 60318 Frankfurt zu veräußern. Er empfehle, eine gesetzliche Auseinandersetzung der beiden Erbinnen herbeizuführen. Andernfalls werde das Gericht entscheiden.

Ich weiß, wo ich wohne, alter Stiefel, dachte Elinor, und ich werde mich mit Frau Fabienne Sander selbst auseinandersetzen. Aber Bibi ging nicht ans Telefon. Erst als Elinor sehr viel später und mit unterdrückter

Nummer anrief, meldete sie sich, munter wie eine Meise.

»Bibi, leg jetzt nicht auf. Hör mir zu. Lass uns reden. Das Haus gehört doch uns beiden. Es hat unserem Vater gehört und unserem Großvater und unserem Urgroßvater. Vater hat gewollt, dass wir es teilen, aber nicht, dass wir uns streiten und es verkaufen. Ich weiß, dass ich nicht fair zu dir war und es tut mir leid.«

»Du hast mich rausgeschmissen«, lispelte Bibi. »Du warst voll eklig zu mir.«

»Aber du weißt doch, was passiert ist. Ich hab' mich wahnsinnig aufgeregt. Dieser entsetzliche Unfall. Es war ein solcher Schock. Willst du wissen, wie es Jankowski geht?«

»Nö«, sagte Bibi, »ist mir wurscht. Das ist deine Baustelle, Schwester. Wenn er tot wäre, hättest du ja was gesagt, gell?« Elinor tat nichts mehr leid, aber sie nahm sich zusammen.

»Wir können darüber reden. Wir werden teilen. Du kannst Vaters Wohnung haben, wenn du willst. Ich ziehe in die Mansarde. Und wir suchen zusammen nach einer Werkstatt für dich – und für Nelson.«

»Nelson ist nicht mehr«, zwitscherte Bibi. Der Arsch ist zurück nach München. Ich bin jetzt in Berlin bei einer Freundin. Ulrike. Sie gibt Kurse in Achtsamkeit und Hypnose.«

»Dann eben nur für dich.«

»Und den Garten«, sagte Bibi.

»Nicht der Garten! Was willst du mit dem Garten?«

»Ich mach jetzt Meditation und ich fänd' einen japanischen Garten echt geil, weißt du, total ruhig mit diesen kleinen Bäumchen und einer Buddhafigur und nur Kies und Platten. Ich hab doch diese Pollenallergie und da wären Steine einfach super.«

»Bist du noch ganz dicht? Japanisch? Du willst hier Kies rechen und Kiefernnadeln zupfen? Und meditieren? Steine?! Leg dich doch gleich auf den Friedhof.«

»Das bist wieder typisch du! Alles, was ich schön finde, findest du Scheiße! Alles, was ich haben will, machst du kaputt!«

»Schrei mich nicht an!«, schrie Elinor. »Du willst eine Todeszone aus meinem Garten machen. Nicht noch einmal! Vergiss es, vergiss es! Der Garten steht nicht zur Disposition.«

»Dann eben nicht. Glaub bloß nicht, dass ich klein beigebe. Ich werde das Haus verkaufen, genau das werde ich und dann kannst du sehen, wo du bleibst mit deinem blöden Garten.« Sie war ihr schon einen Schritt voraus. »Wir sehen uns auf der Versteigerung, Schwesterherz«, und vor dem Auflegen noch ein Satz wie ein Fingerschnippen ins Gesicht: »Fang schon mal an zu packen.«

Da fiel Elinor wieder ein, wozu sie einen Rechtsanwalt brauchte. Wie muss dieses Weib mich hassen, dachte sie, dass sie mir das antut?! Das Schwesterherz, das sie so mühelos zur Weißglut bringen konnte. Und die es wusste, natürlich wusste sie es. Kies und Platten! Und Bonsai! Japankitsch! Kein Gefühl, keine Augen im

Kopf. Sie gegen mich; ich gegen sie. Immer dieselben Muster, unauflösbar; hoffnungslos. Familienbande? Wir sollten uns nicht kennen! Sie stürmte in die Küche, brühte Tee auf, stellte sich mit der Tasse ans Fenster und schaute hinaus in den Garten, bis ihre Hände ruhiger geworden waren. Den weißen Bishop und die anderen Dahlien müsste sie noch vor dem ersten Frost ausgraben und die Rosen abdecken; Vogelfutter bestellen und unbedingt die Kübel in den Keller räumen. Die Canna war frostempfindsam – ach, empfindlich. KIES UND PLATTEN, unglaublich! Sie stellte ihre Tasse ab, suchte die Visitenkarte heraus und wählte die Nummer der Kanzlei Speyer & Herz.

»Auf Erbrecht bin ich nicht spezialisiert«, sagte Marcel Speyer, nachdem eine junge männliche Stimme sie durchgestellt hatte, aber wenn es Ihnen passt, Frau Sander, können wir für morgen ein kurzes Gespräch terminieren, halb vier? Unverbindlich, wenn Sie wünschen.« Elinor verstand, dass es sich um einen Gefallen handelte. Dafür sprach auch der Treffpunkt: Café Laumer in der Bockenheimer Landstraße, ein plüschiges Etablissement mit gepolsterten Nischen, in deren eine sich Herr Speyer vor dem allgemeinen Geklapper und Gesums zurückgezogen hatte. Das Laumer war voll. Speyer steckte sein Telefon ein, in dessen Betrachtung er versunken war, und erhob sich halb, als Elinor eintrat, ihre Handschuhe abstreifte und ihn mit den Augen suchte.

»Wie schön, Sie wieder wohlauf zu sehen, Frau Sander.« Sie setzte sich und dankte ihm für seine Zeit. Er winkte ab, riskierte einen milden Scherz: »Nur ein Treffen unter alten Nachbarn« und kam dann schnell zur Sache. »Sie sagten, Sie und Ihre Schwester sind zu gleichen Teilen erbberechtigt? Dann ist es leider ganz einfach. Sie müssen sich einigen, oder sie gehen vor Gericht und das wird über den Verkauf entscheiden – allerdings und bedauerlicherweise kann Ihre Schwester auf einer Versteigerung bestehen; die Frage ist nur, ob öffentlich oder lediglich unter den Erben.«

»Ich soll mit meiner Schwester um das Haus bieten? Um mein Haus?«

»Um Ihr halbes Haus«, korrigierte Marcel Speyer.

»Ich brauche jetzt ein Stück Käsekuchen«, sagte Elinor, sah sich nach der Bedienung um und hob die Hand. »Mit Sahne, bitte! Und einen Kaffee crème.«

»Eine andere Möglichkeit wäre, Ihre Schwester finanziell zu entschädigen, das heißt, ihren Teil abzukaufen. Dazu müssten Sie den Verkehrswert des Hauses erst einmal von einem Sachverständigen schätzen lassen – das ist allerdings recht teuer – und die benötigte Summe als Darlehen aufnehmen, es sei denn« – milder Scherz Nummer zwei – »Sie hätten eine halbe Million im Sparstrumpf, oder auch mehr.« Und als Elinor auf den Käsekuchen einstach: »Sie sollten sich keine Sorgen machen, Frau Sander. Das Darlehen wäre ja durch das Haus abgesichert und die Zinsen sind zurzeit recht günstig.«

»Das heißt, mein Haus gehörte dann der Bank?«

»Ihr halbes Haus. Eine Formalität. Sie könnten vielleicht in Zukunft eine Mietsteigerung in Erwägung ziehen? Darf ich fragen, wann die letzte erfolgt ist?«

»Vor zehn, zwölf Jahren, glaube ich. Die Miete ist für Frankfurter Verhältnisse ziemlich günstig. Es sind zwei alte Parteien, schon sehr lange im Haus.«

»Dann sollten Sie sich am geltenden Mietspiegel orientieren. Gäbe es andere Werte, die Sie einbringen könnten?«

»Vielleicht«, sagte Elinor. »Vielleicht – etwas Schmuck, ehm – Familienschmuck.«

»Ausgezeichnet – falls Sie nicht persönlich daran hängen.«

»Nicht besonders. Ich hänge sehr viel mehr an meinem Haus.« Er trank seinen Kaffee aus.

»Ich habe noch ein anderes Thema, Frau Sander. Als wir uns das letzte Mal trafen, sprachen wir auch von einer Foto-Ausstellung. Ich habe die Bilder Ihres Vaters dem Jüdischen Museum gezeigt. Man war dort sehr angetan und wäre interessiert – an einer Auswahl, natürlich. Allerdings müssten die Fotos vorher gerahmt werden.«

»Oh, die Kosten übernehme ich selbstverständlich«, sagte Elinor, »unter alten Nachbarn.« Er neigte den Kopf und lächelte. Sie waren quitt.

Als sie aus der Straßenbahn stieg und auf das Blauhaus zuging, sah sie einen Jungen im schwarz-rot gestreiften Kapuzenpullover mit dem Aufdruck ›Eintracht Frankfurt‹, der auf seinem Skateboard kippelte und eingehend die Waschbecken, Duschkabinen, Toilettenpapierständer und Urinale im Schaufenster des Sanitätsgeschäfts nebenan betrachtete. Was gibt's denn da Schönes zu sehen?«, dachte sie und vergaß ihn.

*

Elinor saß nicht an seinem Bett, sondern an ihrem Schreibtisch in der Bibliothek, als Simon Jankowski ins Leben zurückkehrte und die Augen aufschlug.

»Kommen Sie, kommen Sie schnell!«, zischte Filip in sein Telefon. Sie rief ein Taxi, riss den Mantel vom Haken, rannte durch den Lesesaal, das Foyer, machte in der gläsernen Drehtür einer verträumten Studentin Beine, hinaus und wäre auf der Kreuzung fast von einem Lastenfahrrad, das mit zwei Kleinkindern im Bug über den Bürgersteig pflügte, gerammt worden. Die Mutter im Sattel war natürlich im Recht, sie waren immer im Recht, die Ampel war rot, aber Elinor hätte trotzdem gern gegen den Kasten getreten: Aus dem Weg, Herrgott noch mal! Warum ging das alles nicht voran?! Stau auf dem Alleenring, Stau auf der Friedberger und ein Lift, der auf seiner Fahrt nach oben sämtliche Siechen und Lahmen dieser Klinik einsammelte. Filip erwartete sie auf der Neurologischen Station vor der Tür des Viererzimmers. Dieses Grinsen hatte sie auf seinem Gesicht noch nicht gesehen.

»Ich bin so froh! Er ist wach, er hat mich angesehen, aber wir müssen leise sein. Ich glaube, einer dieser alten

Männer stirbt gerade.« Sie traten ein und an das erste Bett. Er lag darin wie immer auf dem Rücken. Er sah ihnen entgegen, aber in seinen Augen zeigte sich kein Erkennen.

»Hallo, Simon, Lieber«, flüsterte Elinor.

»Cześć tato!«, Filip neben ihr.

Da flog die Tür auf und auf geschmeidigen Sohlen rannten ein Arzt und zwei Schwestern ins Zimmer, vorbei zum Bett am Fenster, wo einer der alten Männer zuckend und röchelnd nach Atem rang. Eine dritte Schwester bildete die Nachhut. Sie wandte sich um und breitete die Arme aus, als wolle sie Herdentiere in eine bestimmte Richtung drängen, aber gemeint waren Elinor und Filip.

»Bitte gehen Sie, gehen Sie nach draußen!«

Sie gingen widerspruchslos und umarmten sich auf dem Flur wie zwei, die fast zusammen ertrunken wären.

*

Als sie den Jungen im Kapuzenpullover mit dem Eintracht-Frankfurt-Logo zum zweiten Mal sah, wusste Elinor, dass er nicht an sanitären Einrichtungen interessiert war. Seit der Einbrecher sie niedergeschlagen hatte, waren alle ihre Sinne scharf und nach außen gewendet und Begegnungen, die in ruhigeren Zeiten an ihr vorbei- und in den Orkus des Vergessens geflossen wären, kehrten zurück und das Herz klopfte ihr im Hals. Der

Junge fuhr auf der Straßenseite gegenüber mit seinem Skateboard hin und her, mal hinunter bis zur Tankstelle an der Kreuzung, trieb sein Board dann mit kraftvollen Tritten bergauf, kehrte am Wasserpark um und rollte wieder vorbei. Sie blieb am Fenster stehen, beobachtete ihn eine Weile und redete sich ein, dass ein Junge, der irgendwo im Viertel wohnte, zu seinem Vergnügen – was immer das sein mochte – früh am Morgen auf dem Skateboard herumfuhr. Wollte jemand sie ausspionieren, würde er es wohl nicht zweimal im selben schwarzrot gestreiften Pullover mit einem Adler auf dem Rücken tun, sondern sich besser tarnen. Sie stieg aufs Rad und fuhr zur Bibliothek. Als sie abends zurückkam, war er verschwunden.

Sie hatte erwogen, Filip, der in einem Hotel in der Nähe abgestiegen war, die Mansarde als Unterkunft anzubieten. Das Hotel Zum Alleenring taugte nichts, der Verkehr brauste Tag und Nacht daran vorbei. Noch konnte er nicht absehen, wie lange er in Frankfurt bleiben würde, und sie hätte sich mit ihm im Haus vielleicht ein bisschen sicherer gefühlt, aber ein Funken Befangenheit ließ sie die Einladung nicht aussprechen. Filip hatte mit ihr geflirtet und sie gegen ihren Willen zum Reden gebracht. Es war leichter, das Geheimnis der Diamanten mit ihm zu teilen, als es allein zu verwalten, aber es gab auch etwas in seinem Wesen, das darauf aus war, ihr zu gefallen und zugleich ein wenig über sie zu triumphieren; etwas, das sie vor der letzten Vertraulichkeit zurückweichen ließ. Sie hatte ihm nicht verraten, unter welchem Grab die Steine steckten, und sie würde es sich auch nicht entlocken lassen. Außerdem hatte sie sich gerade selbst in der Mansarde eingerichtet.

Während sie Heinz in der Küche fütterte und in ihren zerrupften herbstlichen Garten hinaussah, wurde ihr klar, dass sie in die Wohnung im Hochparterre nicht zurückkehren würde. Sie war viel zu groß für sie; sie würde darin nie mehr ruhig schlafen; also konnte sie die fünf Zimmer ebenso gut vermieten. Ein Angebot, ins lokale Nachbarschaftsnetzwerk gestellt, stieß auf zahlreiche Wohnungssuchende, zumal sich die Miete in Grenzen hielt, so dass Elinor ihren Text präzisieren musste: keine Hunde, keine Banker, keine WG, was den Kreis einschränkte und wiederum eine Vielzahl von Netzwerknachbarn über Gebühr reizte: Haterin, Tierfeindin! Linke Hexe! Reaktionäre Schnalle!

Der nächste Schwung Interessenten musste davon abgebracht werden, dass der Garten zur Verfügung stand; weder für einen Sandkasten noch für einen Basketballkorb, noch für einen Grill noch für eigene hortikulturelle Experimente; dass er nämlich überhaupt nicht zur Verfügung stand! Elinor sah genau hin. Jeder wissende und begehrliche Blick – meist ein weiblicher –, der den Gedanken verriet: na, das sehen wir, wenn wir erst mal drin sind; wir werden die Alte schon rumkriegen – führte zur sofortigen Streichung von der Liste der Kandidaten.

Am Ende sprachen die Wohlgemuts vor, ein Ehepaar aus dem Nordend, dem man gerade den Boden unter den Füßen luxussanierte und das dringend nach einer bezahlbaren neuen Bleibe suchte. Frau Wohlgemut hatte einen Friseursalon, Herr Wohlgemut privatisierte. Beide konnten kein Stiefmütterchen von einer Margerite unterscheiden. Sie brachten ihre elfjährige Tochter mit, die noch vom Charme der Kindheit zehrte und mit ihrer Zahnspange den Drachen von Hausbesitzerin furchtlos anlächelte. Sie sei die Trixi, gehe in die fünfte Klasse und lese gern, teilte sie Elinor ungefragt mit.

»Nämlich was?«

»Richtige Bücher.«

»Und die wären?«

»Gerade ist es *Überredung* von Jane Austen. Kennen Sie das zufällig, Frau Sander?«

»Erzähl mal.«

»Sei nicht so vorlaut, Trixi!«, mahnte Herr Wohlgemut – vergeblich, wie er wusste.

»Es geht darin um ein Mädchen, sie heißt Anne, also sie ist schon eine Frau, aber als sie viel jünger war, hatten sie und Kapitän Wentworth … also die beiden waren praktisch verlobt, aber den Kapitän hat Anne sich von Lady Russell irgendwie ausreden lassen, weil er arm war, verstehen Sie, deshalb heißt das Buch ja auch *Überredung*, und das tut ihr jetzt unheimlich leid, und außerdem hat sie einen grässlichen Vater und eine furchtbar zickige Schwester, und als die englische Flotte jetzt zurück …«

»Ich erinnere mich«, unterbrach Elinor das Kind. »Und was hältst du von Kapitän Wentworth, Trixi?«

»Oh, der ist echt spitze! Eigentlich habe ich ihn noch lieber als Mr. Darcy. Wen finden Sie am besten?«

»Admiral Croft«, sagte Elinor, »aber Wentworth ist in Ordnung. Willkommen in Kellynch Hall.« Trixi lachte.

»Jetzt in echt?« Sie hatte verstanden, dass Papa und Mama die Wohnung bekommen hatten. Und sie ein eigenes Zimmer.

*

Als Elinor am nächsten Tag mit zwei Sofakissen unter dem Arm und ihrem grünen Paperweight in der Hand in die Mansarde hinaufstieg, klingelte sie im zweiten Stock.

»Wir bekommen neue Nachbarn im Parterre, Frau Hensel. Es sind nette Leute, Zivilisten. Ich hoffe, Sie finden nichts an ihnen auszusetzen. Tatsächlich scheint mir Miss Wohlgemut durchaus ein Gewinn für die Hausgemeinschaft zu sein.« Frau Hensel witterte sofort die Quelle.

»Aha! Und wer hat Sie zum Rückzug aus Kellynch Hall überredet, Madam?«

»Niemand. Ich ziehe freiwillig nach Bath. Wir müssen vernünftig sein, Frau Hensel. Sie wissen doch, was ein solches Anwesen kostet«, erwiderte Elinor und mit einem Blick Richtung Mansarde: »Ich werde einen neuen Teppich anschaffen, damit Sie mich nicht die ganze Zeit über Ihrem Kopf rumoren hören.«

»Eine begrüßenswerte Investition«, bestätigte ihre

Mieterin. »Die alten Dielen da oben sind sehr geräuschvoll, speziell nachts, wenn unruhige Geister kreuz und quer darüber her marschieren.« Gegen diese Art von Bettflucht fand Frau Hensel in ihrem großen Vorrat an literarischen Zitaten auch gleich die passende Empfehlung: »tomorrow wake but dream tonight!«, sagte sie und spitzte vergnügt die Lippen. Was war das nun? Es klang nicht nach Austen. – Browning? Coleridge? Elinor gab sich geschlagen und beendete ihr Geplänkel mit einem Vorschlag.

»Wollen Sie Trixi Wohlgemut nicht einmal zum Tee einladen, Frau Hensel?«

»Eine Trixi? Ist das Ihr Ernst?«

»Sie schnattert gern, aber sie ist keine Gans und ich glaube, Sie werden ihre Gesellschaft anregend finden.«

»Gut«, entschied Frau Hensel, »dann werde ich Kellynch Hall nächste Woche einen Morgenbesuch abstatten.«

Das Treffen verlief offenbar für beide Seiten zufriedenstellend, denn wenig später begegnete Frau Bienfait – zurück vom Einkaufen und auf dem Weg nach oben – Trixi Wohlgemut, die, mit einem Stapel Bücher unter das Kinn geklemmt, undeutlich grüßend und zur Seite äugelnd an ihr vorbei treppab wankte.

Die Wohlgemuts übernahmen die Kücheneinrichtung, eine Ledercouch und zwei Sessel. Für den Rest bestellte Elinor den Sperrmüll und räumte ihren Krimskrams zum Mitnehmen auf den Bürgersteig. Wie Sander senior hing sie weder an prachtvollen Möbeln noch an Sammlungen – und Bücher gab es für sie in der Deutschen Nationalbibliothek genug.

*

Die Phase, bis der Patient wiederhergestellt sei, könne lange dauern, Wochen, vielleicht Monate, hatte Dr. Bodenberger Elinor unterrichtet; derzeit leide er unter einem postkomatösen Durchgangssyndrom. Er hatte in seinen Unterlagen geblättert und mitgeteilt, Herr Jankowski sei wach und ansprechbar, streckenweise aber verwirrt und zeitlich wie örtlich desorientiert, dabei entsprechend eingeschränkt kooperativ.

Er wurde etwas weniger ärztlich, als er ihr Gesicht sah. Die Knochenbrüche würden gut verheilen. Und was das postkomatöse Durchgangssyndrom betreffe: Sie könne Herrn Jankowski unterstützen, indem sie seine Sinne stimuliere – Oh?! –, also mit ihm spreche, Körperkontakt halte, ihm Dinge zu kosten oder zu riechen mitbringe, die er in seinem bewussten Leben gemocht hatte. »Wir sind noch lange nicht über dem Berg«, warnte er, und der Patient werde vieles erst wieder lernen müssen – Gehen, Sprechen, seine Bewegungen und Gedanken zu koordinieren –, auch die Erinnerung an den Unfall kehre erst langsam zurück; eine Schutzfunktion des Gehirns.

Da Elinor nicht wusste, was Jankowski gerne aß und der Kontakt ihrer Körper durch die Umstände eingeschränkt war, pflückte sie, ehe sie ihn auf der Neurologischen Frührehabilitation besuchte, im Garten ein Blatt, das sich schon rot gefärbt hatte, steckte die leere Finas-Schachtel mit den Duftspuren des ägyptischen Tabaks und ein Buch in ihre Tasche. Im Viererzimmer war das Bett am Fenster leer. Er sah ihr auf eine Art entgegen, die sie glauben ließ, alles sei gut; er lächelte, aber dann glitten seine Augen wieder von ihr ab. Sie legte das Blatt vor ihn auf die Decke.

»Aus dem Garten«, sagte sie, »von meinem Fächerahorn, Acer palmatum. Die Bäume werden langsam bunt, Simon.« Er nickte. Elinor suchte seine Augen. Was dachte er? Dachte er? Erinnerte er sich? An sie? An die Bäume? Über das, was ihr Angst machte, konnte sie nicht sprechen, und da sie das Plappern nicht gelernt hatte, zog sie die Gedichte von Wisława Szymborska aus der Tasche und begann ihm leise vorzulesen: »Sterben – das tut man einer Katze nicht an. Denn was soll die Katze in einer leeren Wohnung. An den Wänden hoch, sich an Möbeln reiben. Nichts scheint sich hier verändert zu haben, und doch ist alles anders ...«

Als sie aufblickte, schien er ihr wieder nah. Sie griff nach seiner Hand; er hielt sie fest und zog sie auf seine Brust.

Die Visite kam und Elinor ging. Am Ende des Flurs trat Filip aus dem Aufzug. Sie blieben stehen.

»Können wir irgendwo miteinander reden? Nicht hier. Es ist wichtig.« Sie sah ihm forschend ins Gesicht.

»Schlechte Nachrichten?«

»Nein, nicht schlecht, aber wir müssen uns um gewisse Dinge kümmern.«

»Dann kommen Sie später am Abend zu mir. Wenn Sie Ihren Besuch gemacht haben.«

Der Junge im Eintrachtpullover stand an der Bushaltestelle, als Elinor ausstieg, das Licht der Straßenlaterne im Rücken. Er hatte sich die Kapuze über den Kopf gezogen und schaute zur Seite, um sein Gesicht zu verbergen. Er stieg nicht ein, er hatte nicht auf den Bus gewartet. Er tat einfach gar nichts. Als sie die Haustüre aufschloss und sich umdrehte, hatte er den Kopf gehoben und sah in ihre Richtung. Er war kein Junge, sondern ein erwachsener Mann mit einem rötlichen Kinnbart.

In einer Eingebung rief sie Filip an. Er hatte sein Telefon ausgeschaltet und sie hinterließ eine Nachricht:

»Wir machen es anders. Ich komme nachher zu Ihnen ins Hotel. Ich habe das merkwürdige Gefühl, beobachtet zu werden. Ich glaube, es ist besser, wenn man uns nicht zusammen sieht. Also gegen halb neun.«

Kein Kapuzenmann an der Haltestelle, als sie aus dem Haus trat. Sie bog in die Rat-Beil-Straße ein, die breiter und weniger belebt war, als die Friedberger Landstraße mit hell erleuchteten Hauseingängen und ohne dunkle Ecken, lief ein Stück an der Friedhofsmauer entlang und drehte sich plötzlich um. Niemand verschwand, niemand ging hinter ihr. Auf der anderen Straßenseite kam ihr ein junges Paar entgegen. Sie bog in die Kreutzerstraße ein, in der noch die alten Gaslaternen ihr funzeliges gelbes Licht in engen Kreisen aufs Pflaster streuten, ging bis zum unteren Ende und wich dort mit zwei Schritten in den Schatten zweier großer Catalpabäume. Eine alte Frau ging an ihr vorbei, ohne sie zu bemerken, und begann, leere Flaschen aus ihrem Einkaufswagen zu klauben und in den Glascontainer zu werfen. Ein Radler preschte in die Gegenrichtung. Auf der Allee stob der Verkehr mehrspurig und in Stößen vorbei. Sie passte eine Lücke ab und rannte über die Straße. Filip erwartete sie in der Lobby des Hotels Zum Alleenring.

»Was soll das bedeuten? Sie werden beobachtet?«

»Ich bin nicht sicher, aber seit ein paar Tagen drückt sich ein Mann bei mir vor dem Haus herum. Ich glaube, er will, dass ich ihn sehe. Vielleicht will er mir Angst machen.« Im Aufzug standen sie eng nebeneinander und schwiegen bis zum vierten Stock. Sein Zimmer war die trübselige Angelegenheit, die sie sich vorgestellt hatte. Die Jalousie hing schief über dem Fenster. Da es keine zwei Stühle gab und nur das Bett, blieben sie stehen.

»Wir müssen sowieso fort«, sagte er. »Ich habe einen Freund in Antwerpen kontaktiert. Er kann die Brillanten evaluieren und uns helfen, sie zu veräußern.«

»Wir veräußern die Brillanten? Wir beide?«

»Liebe Elinor, was hatten Sie sich denn vorgestellt? Wollten Sie auf den Steinen sitzen bleiben wie auf einem Nest voller Eier? Da draußen laufen Leute herum, die nur darauf warten, sie Ihnen abzunehmen.« Er lehnte sich gegen den Schrank und steckte die Hände in die

Hosentaschen, und wieder war es die Ähnlichkeit mit Simon, die sie ins Herz traf. »Ohne ein offizielles Zertifikat können wir nicht verkaufen. Keinen einzigen Stein. Haben Sie eins? Natürlich nicht.«

»Was für ein Zertifikat? Vielleicht können wir eins erwerben? Was ist los, Filip? Warum lachen Sie?«

»Das Zertifikat ist das Ausweispapier für jeden Stein, ausgestellt vom HRD, dem Diamantenrat von Antwerpen, oder vom Gemological Institute of America oder einem dritten, fällt mir im Moment nicht ein. Da steht alles über Herkunft, Qualität und Beschaffenheit drin. Und, liebe Elinor, die Diamanten aus Hatton Garden, die mein Vater für Koszyk nach Deutschland geschmuggelt hat, haben bereits ein Zertifikat. Es befindet sich bei ihren rechtmäßigen Besitzern.«

»Oh, ja, natürlich. – Sie haben recht, Filip; ich kenne mich wirklich nicht aus. Ich weiß nicht, wohin mit diesen Steinen. Wer ist dieser Freund in Antwerpen? Ein Juwelenhändler? Hat er einen Namen?«

»Der tut doch nichts zur Sache, wirklich nicht, Elinor. Vertrauen Sie mir. Schauen Sie bitte nicht so gekränkt. Er ist kein Händler, sondern ein ehemaliger Kommilitone. Wir haben zusammen in Krakau Geowissenschaften studiert; er Mineralogie. Er ist seit Jahren im Geschäft; erschließt Diamantenvorkommen in Russland für große Minengesellschaften. Ich garantiere Ihnen: er ist fair. Und er zahlt in bar.«

»Aber Sie, Filip, in welchen Geschäften sind Sie eigentlich unterwegs? Woher wussten Sie überhaupt von den Diamanten? Doch sicher nicht von Ihrem Vater? Etwa von Koszyk? Haben Sie etwas …?«

»Aber nein, was denken Sie! Ich kenne Koszyk gar nicht; das ist ein entsetzlicher Mensch, ein richtiger Gangster. Außerdem sitzt er jetzt im Knast. Ich habe das alles erst nach dem Unfall von der Polizei erfahren. Ein Tütchen mit Diamanten ist abhandengekommen. Wo ist es? Hat mein Vater es noch? Ist es irgendwo versteckt? Hat der Kurier es abgeholt?« Er beugte sich vor und lächelte verschmitzt. »Hey – es ist bei Elinor Sander! Die Polizei sucht es, die Einbrecher suchen es, der Mann, der vor Ihrem Haus herumlungert, sucht es vielleicht auch. Aber ich musste Sie nur fragen, und nun sind wir hier. Und wir machen einen Deal: fünfundzwanzig Prozent für mich.«

»Provision?« Er nickte.

»Fünfzehn«, sagte sie.

»Fünfundzwanzig!« Wie hatte sie so naiv sein können? Was hatte sie erwartet? Dieses freundliche Geraune: Ich kann Ihnen helfen. Vertrauen Sie mir. Wir werden das arrangieren. – Aber doch nicht für ihre blauen Augen. Und auch nicht um Simon aus seiner Bredouille zu helfen. Es war, wie es war. Sie musste sich nichts schönreden. Jankowski junior war ein Gauner. Wenigstens machte er keine Anstalten, sich zu erklären.

»Einverstanden«, sagte sie.

»Gut. Wir nehmen morgen um 10.29 Uhr den ICE nach Brüssel und Antwerpen. Packen Sie nichts ein; wir fahren in der Nacht wieder zurück.« Er stieß sich vom

Schrank ab. »Nehmen Sie nur die Steine mit. Gleis 19. Ich bin im selben Zug. Wir sehen uns dann in Antwerpen auf dem Bahnsteig.« Sie gaben sich die Hand: Geschäftspartner. Komplizen. Er begleitete sie hinunter und sie verabschiedeten sich in der Lobby. Elinor ging mit einem leeren Gefühl nach Hause. Ich bin die Gans, die Brillis legt, dachte sie. Und er hat mich gerade gründlich ausgenommen. Simons Sohn. Aber habe ich eine Wahl?

*

Eine Sache blieb an diesem Abend noch zu tun. Sie klingelte bei Frau Hensel.

»Frau Sander – so spät?«

»Ja, entschuldigen Sie. Ich muss Sie um einen Gefallen bitten, Frau Hensel. Es geht um Dr. Jankowski. Ich besuche ihn jeden Tag in der Unfallklinik, aber morgen bin ich nicht in Frankfurt und er ist es gewöhnt, dass Besuch kommt, und es ist so wichtig, dass man mit ihm spricht und dergleichen. Er kann nicht antworten, aber er hört alles. Hätten Sie Zeit und wären Sie so freundlich, einmal statt meiner hinzugehen?«

»Sonst noch was?«, fragte Frau Hensel, aber es klang nicht beleidigt, sondern als warte sie auf weitere Instruktionen.

»Ja? Oh, vielen Dank! Das ist furchtbar nett von Ihnen. Es ist die Neurologische Frührehabilitation, Zimmer 21.

»Und er wird keinen Schreck kriegen, wenn ich auf einmal auftauche? Ich meine, vielleicht ist er auf Sie fixiert wie die Gänseküken auf diesen Tierforscher?«

Daran hatte Elinor noch nicht gedacht.

»Nein, sicher nicht. Er wird Sie erkennen. Sie waren doch Nachbarn. Und wenn Sie nicht wissen, was Sie ihm erzählen sollen, können Sie ihm auch etwas vorlesen; das tue ich meistens.«

»Mmh«, machte Frau Hensel, »was nehm' ich denn da?«

»Keinen Trollope, bitte und auch nicht Mrs. Gaskell.«

»Aha! Also eher etwas Anregendes. Vielleicht *Middlemarch*? George Eliot ist sehr erbaulich und sehr ausführlich; auch menschlich interessant. Er wird auf die Fortsetzung gespannt sein.«

»Und füttern Sie bitte auch den Heinz.«

*

Als der ICE über den Main glitt, legte Elinor die Zeitung beiseite, stand von ihrem Platz auf und ging mit ihrer Tasche zur Toilette. Dort löste sie den Tesafilm von dem kleinen Ballen, den sie am Abend zuvor unter dem Fundament des Baer'schen Familiengrabs hervorgeholt hatte, fischte die Diamanten aus der Plastikhülle und säuberte sie unter dem Wasserhahn. Nicht ihre besten Freunde. Sie ließ sie auf ihrer Handfläche blitzend hin und her rollen. Wenn ihr die Karfunkel nun in den Ausguss kullerten, dachte sie, wäre alles vorbei. Sie wusste nichts über ihren Wert, aber sicher könnte sie von dem Erlös den Sachverständigen bezahlen, der das Blauhaus schätzen sollte. Auch ein Vorschuss an Bibi wäre möglich, um die Versteigerung abzuwenden. Und genug, um den Garten neu anzulegen, ihren Sonnengarten: Farbe statt Weiß! Blau, Violett und Rot, dass es nur so klatschte; Mohn, Iris und Rittersporn, Strauchpäonien, ein lila Solanum an der Mauer, Agapanthus, bunter Phlox, chilifarbene Echinaceen, im Spätsommer dann weinrote Malven, flammende Montbretien, glutvolle Dahlien im Herbst und in der Mitte eine Magnolie; das Pflaster rausreißen und eine Magnolie pflanzen; weiß, na, schön, das mochte im Frühling angehen. Sie lächelte sich im Spiegel an – eine weiße Yulan-Magnolie, die nach Zitrone duftete.

Aber zuerst das Geschäft. Die Brillis auf ihrer Hand. Ohne sie würde ich so viel unbeschwerter nach Antwerpen fahren, dachte Elinor, mir das Rubenshaus anschauen und überhaupt. Ich ginge Schokolade einkaufen, würde irgendwo in einem Restaurant an der Schelde zu Abend essen und wieder heimfahren. Wie herrlich wäre das. Sie trat einen Schritt vom Waschbecken zurück, knotete die Juwelen in ihr Taschentuch, steckte es in ihren BH und strich die kleine extra Wölbung glatt. Sie hatte von einem Carillon im Turm der Kathedrale gelesen, aber es spielte nur um die Mittagszeit. Sie käme zu spät.

Elinor hatte nicht damit gerechnet, Filip im Zug zu

begegnen, aber da saß er im Speisewagen und sah sie nicht, trank Kaffee und krümelte an einem Croissant. Sie setzte sich und betrachtete seinen Rücken in dem Tweedjackett, seine ansprechenden Schultern, das dunkle Haar, das aus einem Wirbel am Hinterkopf zu Berge stand, auf eine unschuldige Weise, die sie lächeln ließ. Wenn er nun Simon wäre, spann sie ihren Gedanken weiter und wir reisten zusammen nach Antwerpen. Ich säße ihm gegenüber, hätte einen Tee bestellt und er wahrscheinlich etwas Anderes, und er legte seine Hand auf meine. Wir schauten aus dem Fenster und er sähe, was ich jetzt sehe – na, so toll ist das ja nicht da draußen: Lärmschutzmauern, Graswälle, Industriegebiete, aber er könnte mir natürlich sagen, welche Bäume das da auf dem Feld sind, auch aus der Ferne, auch ohne Laub und im Vorbeirasen. Good speed. Und in Antwerpen würden wir erst ins Hotel und gleich zusammen ins Bett gehen. Danach könnte man immer noch das Rubenshaus besichtigen. Oder auch nicht.

Filip zuckte zusammen, als er ihre Stimme hörte, die das kleine Frühstück und einen schwarzen Tee bestellte, aber er drehte sich nicht um, sondern gab dem Kellner ein Zeichen, zahlte, stand auf und ging. Und so wird es enden, dachte Elinor, einer von uns zahlt und er wird gehen.

Beim Umsteigen in Brüssel Midi achtete sie nicht auf die Reisenden, sondern marschierte geradewegs zu ihrem Anschlusszug und war eine Dreiviertelstunde später in Antwerpen Centraal. Dort blieb sie auf dem

Bahnsteig stehen und wartete, dass Filip zu ihr aufschloss. Er hatte, wie sie, kein Gepäck und nur einen kleinen Lederkoffer dabei, der offenbar eine Menge Geldbündel aufnehmen sollte. Mit dem Mantel über dem Arm, dem *Guardian* in der Hand und einem Telefonknopf im Ohr stellte er den reisenden Geschäftsmann dar.

»Hallo, Elinor – alles klar bei Ihnen?«

»Hallo, Fremder«, erwiderte sie und ließ sich von ihm auf die Wange küssen. »Jetzt so herzlich und im Zug so frostig?«

»Ich musste mich beim Umsteigen erst einmal vergewissern, dass uns niemand gefolgt ist.«

Niemand? dachte Elinor. Jemand? Ein bekanntes Gesicht? Wie wollte Filip sonst unter den vielen Reisenden eines Menschen gewahr werden, der ihm hinterherschlich, wenn sich derjenige nicht gerade als Verfolger zu erkennen gab? Entweder ist er ein Aufschneider oder ein Lügner, oder er hatte einfach keine Lust, mir von Frankfurt bis Brüssel gegenüberzusitzen und dummes Zeug zu reden. In jedem Fall scheint er mich für begriffsstutzig zu halten. Sehr bedauerlich.

»Und jetzt sind wir à deux?«, fragte sie mild.

»Jetzt sind wir Partner«, versicherte er, ohne ihren Spott zu bemerken. »Haben Sie was gegessen? Ich bin ganz schön hungrig. Wir sind erst um fünf verabredet und könnten vorher zu Hoffy's gehen. Koscher, wenn Sie das mögen.«

»Sie kennen sich aus in Antwerpen?«

»Ich war schon mal hier.« Sie sah ihn neugierig an, aber mehr wurde nicht verraten. Stattdessen lenkte er ihre Aufmerksamkeit auf die Kuppel und die Stirnseite des Bahnhofs. »Prachtvoll, nicht wahr? Reinster Jugendstil; eine wahre Eisenbahnkathedrale. Hat man vor hundert Jahren für die Welthauptstadt der Diamanten erbaut. Drumherum sieht es allerdings weniger elegant aus. Also, gehen wir zu Hoffy's, okay?«

»Ich weiß nicht, ob ich etwas essen kann. Ich bin so nervös.« Er drückte ihren Arm.

»Keine Sorge. Es ist alles arrangiert. Mein Freund erwartet uns. Und heute Abend fahren wir mit dem ganzen Zaster wieder nach Frankfurt zurück.« Der kann mir viel erzählen, dachte Elinor. Ich laufe hier wie eine dumme Touristin neben ihm her. Die Stadt ist mir fremd. Wo ist die Kathedrale? Wo ist die Schelde? Ich habe überhaupt keine Kontrolle über die Lage. Und der Zaster? Ich kenne nicht einmal den Preis für diese Karfunkel.

»Haben Sie alles dabei?«, fragte er. Sie legte die Hand aufs Herz wie ein amerikanischer Präsident beim Anhören der Nationalhymne.

»Was ich brauche, habe ich immer dabei.« Es war ein leicht frivoler Scherz aus einer alten Hollywood-Komödie, aber er funktionierte offenbar nur bei Cary Grant. Sie traten aus dem Bahnhof. Der Tag war blau und hell. Eine Brise, wie sie nur durch nördliche Städte am Wasser fährt, trieb dünne Wolken über den Himmel.

»Dann zeige ich Ihnen jetzt das Diamantenviertel«, sagte er und bog in die Hoveniersstraat ein. »Sehen Sie es? Nein, Sie sehen es natürlich nicht. Es ist nämlich das am wenigsten schmucke Viertel in ganz Antwerpen, aber hinter jedem Fenster in diesen Betonkästen geht es um Millionen und die Jungs, die hier auf der Straße herumstehen, sind alle Händler oder Makler und klimpern mit Steinchen in den Taschen, die Zehntausende wert sind.«

Die Straße war für den Durchgangsverkehr gesperrt. Elinor sah geparkte gepanzerte Wagen, patrouillierende bewaffnete Soldaten im Tarnfleck, Überwachungskameras und hinter jeder Glastür einen Zerberus in Schlips und Kragen, der die Sicherheitsschleuse bewachte. Zwischen die Fassaden hatten sich ein indischer Kiosk und das Portal einer Synagoge geklemmt. Sie sah alte und junge Männer in langen Mänteln, mit Schläfenlocken und schwarzen Hüten, streng orthodoxe Juden, wie sie sich auf dem Frankfurter Friedhof nur an Feiertagen versammelten, um sich am Grab des Wunderrabbis Israel von Stolin im Gebet zu wiegen und kleine Zettel unter die Steine zu schieben. An solchen Tagen blieb Elinor hinter ihrer Gartenmauer, da ihr diese Form des Glaubens befremdlich war und sie deshalb auch ohne Aufforderung Distanz zu ihren Riten wahrte. Dasselbe Brimborium wie bei den Katholiken, dachte sie.

»Welcher Religion gehören Sie an, Filip?«

»Ich? – keiner. Ich bin ein polnisches Heidenkind, ein Relikt aus der Zeit des Kommunismus. Und Sie?«

»Ich bete nur zum guten Gartengott.«

»Was ist von dem zu erwarten?«

»Jeden Tag Sonne und jede Nacht ein sanfter Landregen zwischen zwölf und vier und im Winter ein dickes Plumeau aus Schnee.«

»Klingt eher nach einem Gartenzwerg.« Sie lachte.

»Ungläubiger Satan!«

In der Lange Kievitstraat traten sie bei Hoffy's ein und gingen vorbei an der gut sortierten Deli-Theke, hinter der zwei bärtige alte Männer in braunen Kitteln und Kippa bedienten, weiter ins Restaurant und ließen sich einen kleinen Tisch zuweisen.

»Die Hühnerleber ist gut«, sagte Filip, »auch die Krautwickel und der Gefilte Fisch. Nehmen Sie nicht das Gulasch, das sind fast nur Bohnen.«

»Sie sind ja wohl öfter hier«, stellte Elinor fest. »Was machen Sie in Antwerpen und wie kommt es, dass ich so wenig über Sie weiß – nichts über Ihre Frau, Ihren Sohn, Ihre Arbeit als Geologe, Ihre übrigen Geschäfte mit diesem … Freund, und Sie wissen so viel von mir?«

»Sie wollen es gar nicht wirklich wissen«, lächelte er. »Sie sind so sehr mit Ihrem eigenen Kopf beschäftigt. Machen Sie mir nichts vor, Elinor, was geht Sie meine Familie an? Dass meine Frau Antonina hübsch und gescheit ist und gerne tanzt und Jung-Simon ein kleiner Rabauke, der bald in die Schule kommt und sich einen Hund wünscht? Das ist doch alles nur Öl, um unsere Gleichgültigkeit zu schmieren.«

»Nein, so ist es nicht«, erwiderte sie gekränkt. »Ich würde es wirklich gern wissen.« Sie hatte sich eingebildet, dass sie einander näherstünden und fühlte nicht nur die Zurückweisung, sondern auch das erneute Manöver, mit dem er ihren Fragen nach Antwerpen und den unübersichtlichen Nebentätigkeiten auswich.

»Und von Ihnen weiß ich natürlich auch nichts«, fuhr er rasch fort. »Sie sind sehr verschlossen. Ich weiß zum Beispiel nicht, wie Sie und mein Vater zueinander stehen.« Elinor sah ihn schweigend an. »Sehen Sie, das meine ich. Sie haben auch keine Antwort für mich. Ich hätte ihn selbst gefragt, aber er spricht zurzeit nicht mit mir, gar nichts, rien, nothing, zupetnie nic. Spricht er mit Ihnen?« Sein sardonisches Grinsen schreckte sie nicht. Zum ersten Mal knöpfte er seine Art von Rüstung auf und zeigte ihr etwas von seiner Verletzlichkeit.

»Das kommt schon wieder, Filip. Er schaut Sie ja an, er erkennt Sie, und irgendwann wird er auch sprechen. Es dauert nur lange, bis in seinem Kopf wieder alles richtig funktioniert; der Arzt sagt, Wochen, vielleicht Monate, aber Sie dürfen nicht aufgeben.«

»Sie haben meine Frage nicht beantwortet.«

»Nein, natürlich spricht er auch nicht mit mir. Wie sollte er?«

»Ich habe Sie gefragt, wie Sie zueinander stehen.«

»Sie gehen mir auf die Nerven, Filip Jankowski. Wenn ich es jemand sage, dann Ihrem Vater, aber nicht Ihnen. Und jetzt würde ich gern die Krautwickel probieren.«

»Verstanden«, sagte er grinsend und goss ihnen stilles Wasser ein. »Frauen, die Krautwickel essen, sind so herrlich direkt und unkompliziert.«

Sie teilten die Rechnung. Elinor stand auf, ging zur Damentoilette, nestelte das Taschentuch mit den Diamanten aus ihrem BH und steckte es in die Handtasche. Vor dem Spiegel zog sie sich die Lippen nach und während sie den Stift wieder eindrehte, musterte sie ihr Gesicht ohne ein Lächeln. Courage! sagte sie leise, drückte die Schultern herunter und versuchte, mit tiefen Atemzügen ihr Herz zu beruhigen. Filip half ihr in den Mantel und sie stülpte sich die schwarze Baskenmütze über die Haare. Es war kurz vor fünf und dämmerte bereits, als sie in die Pelikaanstraat einbogen, eine lange, nur auf einer Seite bebaute Straße. Auf der anderen verliefen die Bahngleise über teils offene, teils zugemauerte Brückenbögen, deren jeder zweite von einer Art Rittburgtürmchen gekrönt wurde, eine architektonische Spielerei, die in starkem Kontrast zu den tristen Allerweltsfassaden der Häuser gegenüber stand.

Filip trat in einen dunklen Eingang, zwei Stufen hoch, leuchtete mit seinem Telefon auf das Klingelbrett und schellte. Prompt ertönte der Summer, im Treppenhaus ging das Licht an und er drückte die Tür auf. Dass hier überhaupt jemand wohnt, dachte Elinor. Ein paar zu Mulden ausgetretene Sandsteinstufen führten hinauf ins Parterre. Wände graugelb wie Straßenköter. Und so roch es auch. Die Briefkästen an der Wand waren mit Reklamezetteln vollgestopft; an einem war die Blechtür aufgebogen, als sei jemand mithilfe eines Brecheisens an seine Post gelangt.

Auf der Fensterbank des ersten Treppenabsatzes stand ein Topf mit einer toten Pflanze. Elinor prüfte im Vorbeigehen die Erde mit dem Finger. Hart und trocken. Wozu schafften sich die Leute Pflanzen an, nur um sie dann sterben zu lassen? Sie stiegen drei Stockwerke hinauf. Die Wohnungen hinter den Milchglasscheiben lagen im Dunkeln. Erst ganz oben fiel ein Lichtschein aus einer angelehnten Tür ins Treppenhaus. Filip klopfte und stieß sie ganz auf. Ein junger Mann mit einer spitzen Nase und einem flachen Hinterkopf trat ihnen lächelnd entgegen.

»Hallo Jacek!« Der andere schlug ihm auf die Schulter.

»Sie masz, Filip!« Sie sprachen ein paar Sätze auf Polnisch miteinander.

»Darf ich vorstellen: das ist meine Geschäftspartnerin.«

»Sehr angenehm.« Die spitze Nase verbeugte sich leicht. »Kommt rein.« Der enge Flur war leer bis auf einen Spiegel und ein paar Garderobehaken, an denen eine Winterjacke, ein Einkaufsbeutel und ein Drahtkleiderbügel hingen. Zwei Türen gingen ab, die eine angelehnt, die andere weit offen; an der Wand klebte ein Plakat der alten Feuerwache im Hafen von Antwerpen, über der ein futuristischer Glasaufbau wie ein gigantischer Kristallzapfen schwebte; ein Riesenklunker. Noch eine verpasste Sehenswürdigkeit, dachte Elinor.

Sie wäre am liebsten wieder gegangen. Etwas stimmte hier nicht. Wie das ganze Haus wirkte auch der dritte Stock provisorisch, eine Absteige, nicht bewohnt, nur benutzt. Es roch nicht gut. Bei Gauners daheim, dachte sie. Der junge Mann vermied ihren Blick.

Das Zimmer, in das er sie wies, diente ihm offenbar als Büro und Werkstatt. Früher musste es die Küche gewesen sein, denn in einer gekachelten Nische ragte noch der Anschluss für die Armaturen aus der Wand. Sie wurden nicht gebeten, abzulegen, obwohl der Raum überheizt und stickig war, auch nicht Platz zu nehmen, da es nur einen Drehstuhl vor einem Arbeitstisch gab, über den eine große Lampe weißen Schein breitete.

»Wollen wir mal sehen?«, fragte der Mann namens Jacek und Elinor reichte ihm das zusammengeknotete Taschentuch. Er leerte den Inhalt auf ein mit schwarzem Samt ausgelegtes kleines Tablett, setzte sich an den Arbeitstisch, ergriff die Diamanten mit einer langen Pinzette, drehte sie herum und klemmte sich eine Lupe ins Auge. Er hatte rosige, sorgfältig manikürte Hände, wie sie unter Bergbauingenieuren wohl eher selten vorkamen. Dann zog er ein Mikroskop mit doppeltem Okular heran und betrachtete sie erneut und gründlich.

»Tja, ähm«, sagte er schließlich in das gespannte Schweigen hinein, legte die Steine zurück auf das Samttablett und drehte sich zu ihnen um. »Sieht gut aus, Filip. Wie wir gedacht hatten: 1,25 bis 1,3 Karat, exzellent geschliffen, nahezu lupenrein, IF, colorless D bis E. Sie werden ein bisschen verlieren, wenn wir sie umschleifen, aber kein Problem. Du kennst die Preise. Ich gebe dir 190 000 Euro für alle acht.«

»Du spinnst wohl«, sagte Filip. »Bei der Qualität! Vollschliff, hochfeines Weiß, internally flawless, keine Fluoreszenz. Dafür sind mindestens 240 000 drin.«

»Kurwa, brakuje jednego diamentu!«, sagte eine Stimme hinter ihnen. Sie hatten nicht mit weiterer Gesellschaft gerechnet, aber plötzlich stand dieser glatzköpfige Mann in seiner zerknautschten Jeans rahmenfüllend in der Tür. Er war so dick, dass seine Arme wie die Flossen eines Seelöwen vom Oberkörper abstanden, und er wankte nicht. »Scheiße, es fehlt einer«, wiederholte er ungerührt in knarrendem Englisch. »Es waren neun Steine.« Filip blickte Elinor an.

»Es sind acht und es waren acht«, erwiderte sie fest. Acht hatte sie gefunden – acht und eine zerfetzte Verpackung. Das Tütchen war aufgerissen worden. Von wem? Ein neunter Stein? Dann holte sie tief Atem, denn die Erkenntnis, dass sie in eine Falle gelaufen waren, traf sie wie ein Schlag. Der dicke Pole gehörte zu Koszyks Leuten. Er war der Kurier, Koszyks Kurier, dem Simon die Steine übergeben sollte. Er hatte das Päckchen auf dem Friedhof gesucht. Er hatte es nicht gefunden, aber er wusste genau, wie viele Diamanten in welchem Wert darin sein sollten. Und er hatte richtig geschaltet, als Filip Jankowski seinem Freund Jacek einen Deal anbot: die Londoner Diamanten. Er musste sie gar nicht weiter in Frankfurt suchen. Der ehemalige Kommilitone hatte Filip und die glückliche Finderin nach Antwerpen bestellt, damit sie die Steine bei ihm ablieferten. Sie würden ohne Diamanten und ohne Zaster zurückfahren – wenn man sie ließe.

Filip schien es gleichermaßen verstanden zu haben, denn er fuhr zu dem jungen Mann mit der spitzen Nase herum und zischte etwas auf Polnisch, das Elinor als einen Anwurf in der Art ›dreckiger Verräter‹ interpretierte. Jacek hob die Schultern, öffnete die zarten Hände und ließ seinen Freund wissen, dass ihm die Sache zu heiß geworden war, dass er den Argumenten Koszyks oder des Dicken nicht zu widerstehen vermochte, da der Millionenbruch in Hatton Garden leider über den Rahmen ihrer kleinen gemeinsamen Gaunereien hinausging. Elinor überkam eine plötzliche Ruhe. Sie trat so nahe an den Dicken heran, dass sie Schweiß und schlechten Atem riechen konnte, blitzte ihm blau ins Gesicht und sagte nicht sehr laut aber in nahezu lupenreinem Englisch:

»Sie gehen mir jetzt sofort aus dem Weg, oder es geschieht etwas ganz Furchtbares!« Der Mann wich verdutzt einen Schritt zurück, aber es geschah trotzdem etwas Furchtbares. Filip hatte plötzlich eine Pistole in der Hand. Er schlug sie Jacek so heftig auf den Kopf, dass der auf die Knie fiel, raffte mit der anderen die Diamanten vom Tablett, steckte sie in die Manteltasche und winkte den Dicken mit der Waffe in den Flur. Dort zog er den Schlüssel aus der Wohnungstür, reichte ihn Elinor und ließ sie ins Treppenhaus treten. Jacek kam auf die Beine und taumelte gegen den Türrahmen.

»Bleib stehen!«, Filip hielt die Pistole abwechselnd auf ihn und den Dicken gerichtet, bis Elinor das Schloss von außen gefunden hatte. Dann schlug er die Tür hinter sich zu und sie drehte den Schlüssel herum. Sie stürmten treppab und hinaus, hielten vor dem Haus an, sammelten sich und gingen dann atemlos und mit langen Schritten die Pelikaanstraat hinunter auf den Bahnhof zu.

»Die haben hier noch mehr Leute«, sagte Filip und blickte sich um. »Die werden schnell da sein. Das sind sehr unangenehme Figuren. Wir müssen uns trennen, in irgendeinen Zug steigen, egal wohin.«

»Her mit den Steinen!«, fauchte Elinor. »Dann können wir uns trennen. Sie werden nicht so einfach mit meinen Diamanten verschwinden, Filip.«

»Die Hälfte«, sagte er, »machen Sie hier jetzt keinen Aufstand. Es wäre glattgegangen, wenn sie nicht einen für sich abgezweigt hätten. Das war ganz schön blöd von Ihnen, Elinor. Die Kerle verstehen keinen Spaß und der Dicke wusste doch, wie viele es waren.«

»Das glauben Sie doch selbst nicht!«, sagte sie, empört und im Geschwindschritt keuchend. »Die hätten uns sowieso alle Steine abgenommen. Außerdem habe ich nichts abgezweigt. Es waren acht, aber die Verpackung war aufgerissen, als ich sie gefunden habe.«

»Dann hat mein Vater einen genommen.«

»Unfug! Er hatte eine Heidenangst vor diesen Leuten. Sie haben's vergeigt, Filip. Eine Pistole im Sack, aber keine Grütze im Kopf. Das ist doch die Bande von Koszyk. Die haben Ihrem Freund schon im voraus gesagt, was die Steine wert sind. Wie konnten Sie sich mit denen einlassen!«

»Ja, verdammt; tut mir leid«, sagte er. »Jacek war sonst immer so zuverlässig. Keine Ahnung, wie diese Typen auf ihn gekommen sind.«

»Das war ja wohl nicht so schwer. Der alte Jankowski verliert die Diamanten, der junge Jankowski hat sie plötzlich in der Tasche. Und jetzt geben Sie mir meine Steine zurück!«

»Die Hälfte«, sagte er, »vier Steine. Ich habe Sie immerhin da wieder rausgeholt.«

»Nachdem Sie mich reingeritten haben.«

»Vergessen Sie's Elinor. Wir sind Partner. Fünfzig Prozent.«

»Gauner!« Sie konnte sich ihren Atem sparen. Es wäre ihm ein leichtes, mit dem ganzen Kies einfach davonzurennen und sie hier stehenzulassen. »Also okay.« Im Weitermarschieren hielt er die Pistole in der rechten Manteltasche fest, während er mit der Linken vier Diamanten aus der anderen fingerte und sie Elinor auf die Hand zählte. Sie ließ sie in ihren Lederhandschuh gleiten.

In Antwerpen Centraal hatten sie keinen weiteren Blick für die Pracht des Jugendstils. Sie waren mit der Gewissheit ausgezogen, am Ende dieses Tages, ihrer Sorgen ledig und mit einem Haufen Bares zurück nach Frankfurt zu fahren. Ein Schock, ein Scheitern wie dieses war nicht in Erwägung gezogen worden. Nun gab es keinen Plan B, keine Verabredung, kein Codewort für brenzlige Lagen, nur ein Weglaufen in verschiedene Richtungen.

Die Zeit reichte kaum für ein Nicken, eine flüchtige Berührung, ein gestammeltes »Ja, verdammt! Verdammt!« und ein »Passen Sie gut auf sich auf!« Dann stieg Elinor in den ICE nach Amsterdam und Filip sprang in den Express nach Paris. Sie sahen sich noch einmal über den Bahnsteig hinweg hinter den hellen Fenstern, als sein Zug anfuhr und er die Hand hob. Dann nicht mehr. Und wie es bei Abreisenden vorkommt, die man gern verschwinden sähe, ja, möglicherweise schon zur Hölle gewünscht hat – man gewinnt sie plötzlich lieber, als gerade noch gedacht.

Elinor ging langsam durch die vollbesetzten Wagen; die Kehle ausgedörrt, das Herz im Hals. Im Bord Bistro kaufte sie eine kleine Flasche Mineralwasser, trank in großen Zügen, hielt sich an dem umlaufenden Tresen fest, ließ den Schaffner, der nach den Zugestiegenen fragte, in ihrem Rücken passieren und starrte hinaus in die vorbeifliegende Dunkelheit, auf die unlesbaren Schilder durcheilter Bahnhöfe, die Blitze der Städte. Im Fahrtwind zitterten Regenspuren über die Scheibe. In Amsterdam Schiphol stieg sie aus, nahm den nächsten Shuttlebus zu einem der großen Hotels, wo man beim Anblick ihrer Gepäcklosigkeit die Übernachtung sofort von der Kreditkarte abbuchte, reservierte für den nächsten Morgen einen Flug nach Frankfurt und ließ sich von der Dame hinter der Rezeption eine Zahnbürste aushändigen.

Sie hatte ihr Telefon stumm geschaltet und den ganzen Tag noch nicht abgehört. Auf dem Zimmer sah sie, dass Frau Hensel angerufen und schließlich eine Nachricht geschickt hatte: Simon Jankowski hatte Frau Hensel angesehen und gesprochen; etwas Kurzes auf Polnisch mit erhobener Stimme, das auf Elinors Namen endete. Sie vermute, dass *Middlemarch* den Mann doch nicht ausreichend gefesselt und er sich nach ihr erkundigt habe.

Es war eine Botschaft aus einem Leben, das sich über Nacht von ihr abgewandt hatte. Elinor legte die vier Brillanten in eine Reihe auf den Tisch unter der Lampe, wo sie ihr kaltes weißes Feuer versprühten und wieder wünschte sie, sie hätte nie von ihnen gewusst. Nun war sie so tief in den Schlamassel geraten, dass sie nicht mehr zur Polizei gehen konnte. Sie ließ sich ein Bad ein, drückte eine Tube mit blauem Gel ins sprudelnde Wasser, und als sie bis zum Hals in den zerknisternden Schaumbläschen lag, begann sie laut zu schluchzen.

3. Teil
Blausterne

Durch die Sicherheitsschleuse am Flughafen ging Elinor ohne Beanstandung. Jeder Passagier hätte Schiphol nicht nur mit vier Brillanten in einem verknoteten Taschentuch, sondern mit Juwelen behängt oder ausgestopft wie eine Weihnachtsgans passieren können. Sie sah sich nicht um. Der dicke Pole würde ihr kaum hinterherlaufen; einen anderen Verfolger würde sie nicht erkennen. Erst als sie am Frankfurter Flughafen in die S-Bahn stieg und Richtung Stadt fuhr, hatte sie ihre fünf Sinne wieder beisammen. Wozu verfolgen? Wenn der Dicke Koszyks Kurier war, wusste er, wo sie wohnte; der Mann im Kapuzenpullover wusste es sowieso.

Im Hotel Zum Alleenring sagte man ihr, Herr Jankowski sei abgereist. Der Nachtportier habe ihm einen early morning check out gegeben. Wohin war er gerannt? Auf seinem Telefon meldete sich die Sprachbox.

»Filip, bitte rufen Sie mich an!« Keine weitere verräterische Nachricht. Diejenigen, die von Koszyks Bande noch übrig waren, würden die Suche nicht aufgeben. Erst wären sie ihm auf der Spur, dann hinter ihr her. Würde sie die Gefahr erkennen, wenn sie auf sie zukam? Sicher nicht in Gestalt des Dicken oder des Fußballfans, eher unauffällig, alert, still, Männer im Schatten, die zu einem Mord fähig waren; Männer, die schwarze Sturmhauben und eine Art Taucheranzug trugen. Die ihr den Kopf blutig schlugen. Es war nur eine Frage der Zeit. Auf ihrem Telefon sah sie, dass ein unbekannter Anrufer eine Nachricht hinterlassen hatte. Fing es so an? Dann hörte sie Filips Stimme:

»Ich bin es. Es ist alles in Ordnung. Machen Sie sich keine Sorgen. Ich melde mich später wieder. Und Elinor: keine Bullen!« – Nichts war in Ordnung; aber er war am Leben. Ihre Sorgen durften nun allein die eigene Person zum Gegenstand haben. Sie zog sich um und fuhr zur Unfallklinik. Jankowski schlief, aber als sie seinen Arm berührte und seinen Namen flüsterte, öffnete er die Augen und sah sie an. Etwas hatte sich verändert; ein heimlicher ungerechter Ärger, für den sie sich schämte und dem sie sich trotzdem nicht erwehren konnte, hatte die Überhand gewonnen, als habe sie ihr Maß an Wut und Enttäuschung ausgeschöpft und Simon Jankowski solle nun gefälligst die Verantwortung für das Desaster in Antwerpen übernehmen. Sie legte ihm eine frisch aus der Hülle gesprungene Kastanie in die Hand, die sie unterwegs aufgelesen hatte. Er schloss seine Finger darum und rieb mit dem Daumen über das seidige Furnier. Sie setzte sich auf die Bettkante.

»Kannst du mich verstehen, Simon?« Er nickte. »Wir – Filip und ich suchen den neunten Stein. Es waren neun Steine in dem Päckchen, du weißt doch, das Päckchen, das der Kurier abholen sollte.« Sein Blick war leer, er schüttelte langsam den Kopf.

»Weißt du, wovon ich spreche?« Er sah sie ratlos an.
»Erinnerst du dich nicht? Du hattest einen Auftrag – von Koszyk. Gregor Koszyk aus Kórnik.« Sie senkte die Stimme, obwohl von den drei alten Männern im Zimmer nur noch einer übrig war. Zwei der Betten waren mit einem Laken straff überzogen. »Die Diamanten. Du solltest sie auf dem Friedhof verstecken. Wo? In welchem Grab? War es das Grab von Bing?«

Er bewegte den Kopf hin und her.

»Simon, versuch es doch!«

Das Kopfschütteln ging weiter, Schreck in den Augen. Sie durfte ihn nicht aus der Fassung bringen, musste ihn trösten, jetzt, da sie selbst des Trosts so bedürftig war. Er räusperte sich.

»Elinor?«, sagte er rauh, ein Wort wie eine Frage: gibt es dich? Gibt es uns? Es berührte ihr Herz. Ärger und Ungeduld verschwammen bis auf einen kleinen dunklen Fleck, den sie als einen Mangel an Fürsorglichkeit diagnostizierte, ein Wappnen gegen das, was kommen würde. Ich bin nicht seine Krankenschwester, dachte sie. Er wird aufstehen und gehen. Es hat noch nie gehalten. Sie nahm ihm die Kastanie aus der Hand und spielte mit seinen Fingern. Er sah ihr dabei zu, als gehörten ihm seine Hände nicht. Dann hob sie den Kopf

»Warst du schon mal in Antwerpen, Simon? Nein? Dann erzähle ich dir, wie schön es dort ist. Eine Stadt am Wasser, ganz hell und frisch, mit einem Hafen und einer gotischen Kathedrale. Die Kirche hat ein Glockenspiel im Turm, aber es erklingt nur in der Mittagszeit. Ich bin zu spät gekommen und habe es leider nicht gehört. Rubens hat dort gelebt, das goldene Zeitalter, weißt du, Welthandel, Wunderkammern, Riesenreichtümer, große Kunst und es gibt ein Viertel, in dem nur orthodoxe Juden wohnen, die Männer mit den schwarzen Hüten. Man kann dort richtig gut koscher essen. Ich würde dir die Krautwickel empfehlen. Auch die Schokolade ist ausgezeichnet und der Bahnhof sensationell, eine richtige Eisenbahnkathedrale.« Als sie aufstand, drückte sie ihm die Kastanie wieder in die Hand. »Mach voran, Simon Jankowski, komm auf die Beine!«

*

Bevor es dunkelte, schloss Elinor ihr Tor auf und suchte die Erde hinter dem Grab der Familie Bing ab, harkte im weiteren Umkreis, aber nichts blitzte zwischen dem modernden Laub hervor. Wer immer den Stein genommen hatte, war sorglos mit seinen Spuren umgegangen. Aber warum nur einen Diamanten nehmen? Warum nicht zwei oder gleich alle?

Sie steckte ihren Anteil der Beute wieder unter das Fundament des Baer'schen Grabs, doch zuvor nahm sie einen Stein heraus und brachte ihn zu einem Juwelier in der Münchner Straße.

»Das ist ein sehr schöner Brillant«, sagte die junge Goldschmiedin beeindruckt, nachdem sie ihn durch ihre Lupe inspiziert hatte und auf den grünen Filz zurücklegte. »Mehr als ein Karat, exzellent geschliffen. Ich sehe keine Einschlüsse.«

»Ich weiß«, sagte Elinor lächelnd. »Es ist ein Familienerbstück. Ich möchte ihn gern zu einem Anhänger für eine Kette verarbeiten lassen.«

»Sehr gerne. Darf ich Ihnen etwas aus unserer Kollektion zeigen?«

»Eine ganz schlichte Fassung«, sagte Elinor. »Schlicht und elegant, vielleicht in Weißgold. Es soll ein Geschenk werden. Und könnten Sie mir wohl ein Gutachten über die Größe und die Qualität des Steins ausstellen?«

»Das können wir. Das machen wir gerne«, sagte die junge Frau. »Darauf sind wir spezialisiert.«

So einfach war das.

Bibi zu überzeugen, sich ohne den Anwalt mit ihr zu treffen, war hingegen nicht ganz so einfach und forderte Elinor ein hohes Maß an Beherrschung ab, aber inzwischen hatte die kleine Schwester offenbar auch begriffen, oder Dr. Sartorius hatte es ihr dargelegt, dass sie besser fahren werde, sich von Elinor auszahlen zu lassen, anstatt vor Gericht zu ziehen und eine Zwangsversteigerung der Immobilie zu erwirken, ein Vorgang, der, wie er sagte, mit einem erheblichen Verlust für beide Erbinnen einherginge. Bibi war klamm; das war sie immer, und Bibi war Bibi, die rasch entflammte, sobald eine berückende neue Idee von ihr Besitz ergriffen hatte, aber ebenso schnell wieder abkühlte. Und schließlich war Bibi Elinors kleine Schwester, die jene mit ihren festen schlanken Händen so lange geknetet hatte, bis Bibi geflüchtet war, um sich diesem Griff zu entziehen und doch nicht wirklich losgelassen hatte.

Sie kam von Berlin in ihrem alten Transporter angeklappert. Dass Lios Herrlichkeit so vor den Fall gekommen war; dass sie, die vorher unter hohen Stuckdecken residiert hatte, nun aus dem Dachfenster und in einen der beiden verbliebenen Fichtenwipfel gucken musste, gefiel Bibi und sie spitzte befriedigt den Mund. Trotzdem gab sie gerne zu, dass Lio sich nett und knuffig unterm Dach eingerichtet hatte, mit einem ausreichend großen ovalen Tisch, schlichten klassischen Freischwingerstühlen und dem alten Ledersofa, über dem ein ockerfarbener Kelim gebreitet lag, den Bibi als einen antiken Buchara zu würdigen verstand. Im zweiten Zimmer standen Schreibtisch und Schlafcouch und im dritten Vaters Sessel neben einem eingebauten Bücherregal. Im Flur war das Poster von der Ausstellung über deutsche Exilliteratur angepinnt. Es roch nach asiatischem Essen.

»Ist doch schon ganz schön heller geworden, Lio, so ohne die Bäume, oder?«, erkundigte sie sich. Wie üblich operierte Bibi mit der stumpfen Seite des Instruments. Elinors Fassung geriet sogleich ins Wanken.

»Lieber würde ich im finster'n Wald wohnen …« Sie nahm sich zusammen und begann den Tisch zu decken. Heinz sprang Bibi auf den Schoß. Er liebte Menschen, denen er sich lästig machen konnte.

»Iiihh, geh weg, Katze!«

»Heinz, verschwinde, Bibi ist gegen dich allergisch.« Elinor nahm den Kater hoch, der sich ordentlich schwer machte, und sperrte ihn ins dritte Zimmer. »Kümmer dich mal lieber um die Mäuse in den Hortensien!« Dann holte sie den Wein aus dem Kühlschrank und kramte in der Schublade nach dem Korkenzieher.

»Ich hab' einen Salat gemacht und was beim Vietnamesen bestellt – Reisnudeln mit Schweinebauch und Rotes Curry mit Tofu, Basilikum und Gemüse. Das magst du doch, nicht wahr?«

»Ist das auch vegan?«

»Ja, natürlich. Ein Glas Wein trinkst du wohl mit mir, kleine Schwester?« Ein Glas Wein trank sie mit ihr, sogar eine halbe Flasche. Dann kam Elinor auf das Blauhaus zu sprechen. Sie sagte ›wir‹ und ›uns‹ statt ›ich‹ und ›mein‹. Das war Bibi neu. Das Thema Garten mieden sie so beflissen wie Heinz die Jagd auf die Wühlmaus.

»Wenn wir einen offiziellen Sachverständigen beauftragen, um den Verkehrswert zu ermitteln, wird das für uns beide sehr teuer und es dauert eine Ewigkeit. Wenn wir uns aber einigen, nicht vor Gericht zu streiten, tut es auch ein Immobilienfritze, oder wir machen eine Summe unter uns Schwestern aus, das wäre am wenigsten kompliziert. Die Bank wird mir ein Darlehen gewähren, damit ich dich auszahlen kann, Bibi, aber ich möchte dir vorher etwas geben – eine Art erste Rate, wenn du so willst. Du kannst ihn zu Geld machen oder behalten.« Sie legte ein schwarzes Samtsäckchen auf den Tisch.

»Mach's auf!« Der kleine weiße Brillant rollte neben Bibis Teller. Regenbogenfunken tanzten durch das Zimmer.

»O Mann, Lio, wow! Was ist DAS?«

»Er hat unserer Mutter gehört. Sie hat ihn mir geschenkt, als ich noch viel zu klein dafür war, aber er lag immer in meinem Schmuckkästchen.« Elinor log mit einer Gewandtheit, die sie selbst überraschte. Fast hätte sie ihren eigenen Worten geglaubt. »Es ist ein nahezu lupenreiner Brillant, 1,25 Karat. Ich habe ihn schätzen lassen; er ist 27 500 Euro wert. Meine Anzahlung auf deinen Teil vom Blauhaus. Gefällt er dir?«

»O Mann, o Mann!« Bibi zog ein Kettchen aus ihrem Pulloverausschnitt, fädelte einen kleinen silbernen Anhänger ab und zog statt dessen den Brillanten in seiner Weißgoldfassung auf. Sie sah Elinor an, die ihren Blick lächelnd erwiderte, die Mundwinkel ein wenig starr.

»Und der ist jetzt echt, oder?«

»Der ist echt, garantiert.«

Ach, Lio, das ist ja total süß von dir! Danke! Ein richtiges Erbstück – von Mama! 27 000 Euro – aber den werd' ich nie, nie, nie verkaufen!« Elinor schob ihren Stuhl zurück und erhob sich.

»Dann lass mal sehen.« Hintereinander standen sie im Flur und betrachteten sich im Spiegel.

»Verlier ihn nicht!« Elinor hakte ihr den Schmuck im Nacken zu, umfasste Bibis Schultern und drückte sie leicht, eine Geste, die sowohl schwesterliche Zuneigung als auch den Abschluss ihres Geschäfts andeuten sollte, und Bibi zog das Kettchen an dem Brillantanhänger gerade. Sie weinte ein bisschen vor Seligkeit und Elinor weinte ein bisschen vor Scham.

Jetzt waren es nur noch drei.

Sie einigten sich auf 580 000 Euro für Bibis Anteil. Sie war mit allem einverstanden. Das halbe Blauhaus gehörte nun der Bank, und die halbe Besitzerin erhöhte die Mieten um fünf Prozent.

*

Was war aus Filip geworden? Sein Telefon blieb stumm und Elinor hatte es aufgegeben, Nachrichten zu hinterlassen; er meldete sich auch nicht mehr als unbekannter Anrufer. Sie suchte ihn auf den Nachrichtenseiten. Einen polnischen Staatsbürger Filip J., der unter ungeklärten Umständen zu Tode gekommen, oder einen von der Polizei gefassten Diamantenhehler desselben Namens, der in den Raub der Londoner Juwelen verwickelt war, hätte sie in der Presse vielleicht gefunden; einen von seinen Komplizen zusammengeschlagenen und beraubten Kleinganoven wohl eher nicht. Sie schrieb eine E-Mail an filipjankowski in der Hoffnung, seine Frau Antonina werde Zugang zu seinem Computer haben, und wartete.

Im Internet fand sie unter ›Diamanten verkaufen‹ eine Scheideanstalt in Süddeutschland, die alten Goldschmuck zum Einschmelzen aufkaufte, sowie »gefasste und lose Diamanten mit und ohne Zertifikat«. Warum, verdammt, hatte sie nicht eher daran gedacht, sich zu informieren! Warum hatte Filip diesen Weg nicht gekannt? Oder mit Absicht nicht genannt? Natürlich um den Deal zu seinem Bedingungen durchzuziehen. Als Partner – hah! Fünfundzwanzig Prozent. Fünfzig Prozent. Vier Steine; 80 bis 100 000 Euro. Sie füllte ein Formular aus, die Scheideanstalt schickte einen Boten und einen Werttransport, der den in Watte und ein Kästchen verpackten Stein abholte. Das Prüflabor meldete sich nach wenigen Tagen – der Brillant war 23 325,60 Euro wert – und überwies das Geld auf ihr Girokonto. Jetzt waren es nur noch zwei.

Könnte die Polizei ihre Kontobewegungen überprüfen? Es war besser, keine breite Spur zu hinterlassen. Sie faltete die beiden restlichen Brillanten in einen Papierumschlag und fuhr nach Berlin. Dort, so hatte sie im Internet gesehen, gab es einen Händler, der die Steine vor Ort prüfte und auf Wunsch ›seriös und diskret‹ in bar zahlte. Es war ein kleines Geschäft in der Nähe des Kurfürstendamms und man war auf Damen, die ihren guten Mantel trugen, aber offenbar finanziell in der Klemme steckten, vorbereitet. Elinor durfte ins Labor durchgehen, einen fensterlosen Raum, in den Tageslicht durch das gläserne Dach strömte, und ihre Steine dem Gutachter aushändigen, einem bärtigen jungen Mann mit zusammengebundenen fahlblonden Rastalocken, der sich, entgegen seiner etwas ungeordneten Erscheinung, überaus korrekt gab. Elinor vermutete, dass er sich auf diese Weise von seiner diskreten, aber möglicherweise unseriösen Kundschaft zu distanzieren suchte.

»Diamant ist nicht gleich Diamant! Sie kennen die vier Cs, nach denen wir bewerten?«, fragte er streng. »Carat, Colour, Cut und Clarity – Gewicht, Farbe, Schliff und Reinheit? Sie sind entscheidend für den Wert.«

»Ich bin im Bilde«, sagte Elinor, die es hinter sich bringen wollte. »Es sind Diamanten von 1,25 bis 1,3 Karat, im Vollschliff, IF-Qualität, farblos D bis E.« Er hob die Augenbrauen.

»Kein Zertifikat?«

»Nein, das sind Erbstücke.«

»Ah, so, kein Problem. Bitte nehmen Sie Platz.« Er wies auf einen Stuhl, der in gebotener Distanz zu seinem mit Instrumenten bestückten Arbeitstisch mitten im Raum stand, entfaltete das Kuvert und pickte mit der Pinzette die Steine heraus. Lange hielt er sie vor seine Lupe, platzierte dann einen nach dem anderen auf die schmale Platte eines kompakten Mikroskops, klappte einen Deckel darüber und spähte durch das Okular. Geschäftiges Schweigen. Elinor saß mit der Tasche auf den Knien, bis ihr bewusst wurde, dass sie wie eine Bittstellerin aussah. Sie setzte die Tasche neben dem Stuhl ab, lehnte sich zurück und schlug die Beine übereinander.

»Das kann ich bestätigen«, sagte der junge Rastamann schließlich, tippte Zahlen- und Buchstaben auf seiner Computertastatur ein, schob Formulare hin und her und druckte das Ergebnis aus. »Wir können Ihnen für beide Steine abzüglich Kommission 54 200,50 Euro anbieten.«

»Das erscheint mir korrekt«, sagte Elinor. »Ich würde es gern gleich in bar ausgezahlt bekommen. Wenn möglich in nicht allzu großen Scheinen.«

»Dann darf ich Sie bitten, mich in den Kassenraum zu begleiten«, sagte er, drückte auf einen Knopf neben seinem Arbeitstisch und stand auf. »Unsere Frau Noll wird Sie dort betreuen.« Im Kassenraum gab es keine Fenster und kein Glasdach, sondern nur einen schwarzen Tresen, eine massive Tresortür und Frau Noll, die den Mangel an Tageslicht durch den häufigen Besuch eines Sonnenstudios wettgemacht hatte. Sie zählte die Summe in Banknoten auf den Tisch und Elinor steckte sie samt der 50 Cent-Münze in ihre geräumige Schultertasche. Nun war das Nest leer und sie fühlte eine trügerische Erleichterung, als seien die Steine die Last gewesen und hätten sich nur in schnöde Geldscheine auflösen müssen, damit sie in Sicherheit war.

Sie dachte daran, Bibi anzurufen, wusste aber nicht, was sie noch mit ihr besprechen sollte, und ließ es. Auf dem Kurfürstendamm kaufte sie sich ein Paar elegante Schuhe, einen Kaschmirpullover und für Simon einen dunkelblauen Morgenrock mit feinen grauen Streifen. Dann fuhr sie mit der S-Bahn an den Wannsee und machte einen Spaziergang am Ufer, ehe sie um halb acht in den ICE nach Frankfurt stieg.

»Warst du schon mal in Berlin, Simon? Ich habe mir das Sommerhaus des Malers Max Liebermann am Wannsee angesehen. Er hatte einen riesigen Garten mit einer Wiese, die bis runter zum Wasser reicht. Also eine herrliche Sichtachse auf das Ufer und die weißen Schiffchen. Auf der einen Seite führt ein wunderschöner lichter Birkenweg hinunter, auf der anderen ein Heckengarten mit verschiedenen Abteilen aus gestutzter Hainbuche; viel Struktur, getrimmte Buchsumrandung und Kugeln im Formschnitt. Auf den Beeten ist zurzeit natürlich nicht viel los, und die Bäume ohne Laub – tja, ich weiß nicht; es sind vielleicht Linden, die zur gestelzten Hecke geschnitten sind, und Platanen auf der Seeseite, die im Sommer dann ein flaches Schattendach bilden.« Sie hielt inne, weil er die Schultern unwillig bewegt hatte.

»Formschnitt ist mir ein Graus«, sagte er langsam und deutlich. Es war der erste Satz, den Elinor nach drei Wochen von ihm hörte. Sie schloss ihn in die Arme und hielt ihn lange fest.

»Mir auch, mir auch, ach, Simon, wie wunderbar, dass du keinen Formschnitt leiden kannst!«

*

An einem kühlen, trockenen Samstagvormittag begann Elinor das Ziegelpflaster in der Gartenmitte, wo Simon Jankowski in Nelsons fliegendes Atelier gestürzt war, zu zerschlagen. Es war schöner, über hundert Jahre alter Feldbrand, der ihr heftig widerstand, aber sie konnte den Platz nicht mehr ertragen. Sie würde dort nie wieder sitzen wollen und deshalb biss sie die Zähne zusammen und ließ den Pickel mit ganzer Kraft niederkrachen. Herr Wohlgemut, der sich vom Küchenfenster im Hochparterre die Schufterei eine Weile lang ansah, gesellte sich, ohne um Erlaubnis zu fragen, zu ihr.

»Sie machen sich ja selbst kaputt«, sagte er. »Da holen wir doch besser mal die Hilti«, und kehrte wider Erwarten nicht mit seiner Frau, sondern mit einer roten Maschine zurück, aus der ein langer Meißel ragte. Das Geratter war so betäubend, dass Elinor am liebsten davongelaufen wäre, aber ihr Furor gegen das Pflaster ließ sie durchhalten und die Brocken in die Schubkarre schaufeln und abtransportieren, während Herr Wohlgemut unbeirrt die Ziegelsteine zertrümmerte. Es waren sehr viele Schubkarrenfahrten zu einer Mauerecke neben der Kompostkiste – eine helle Mauerecke –, ein guter Platz für einen Steingarten: Sempervivum – Sedum – in Erinnerung an Vater; nur nicht zu bunt, eher herb und graugrün; Königskerzen, vielleicht auch Steinbrech und Kräuter; Thymian, Bergbohnenkraut, Quendel …? Am Nachmittag waren sie fertig.

»Hier will ich eine Magnolie pflanzen«, erklärte sie ihm, »hier in die Sonne, aber zuerst muss ich natürlich umgraben und Kompost einarbeiten.«

»Tun Sie das«, sagte Herr Wohlgemut.

»Ich danke Ihnen!«

»Keine Ursache.« Er packte seine Maschine ein und verschwand im Haus.

*

Antonina Jankowska antwortete Elinor auf Englisch. Sie war beunruhigt. Weder hatte sie von Filip gehört, noch wusste sie, wie es um seinen Vater stand. Ihr Mann sei nach Frankfurt gefahren, weil er sich nach dessen Unfall um ihn kümmern wolle, und das Letzte, was er ihr erzählt habe, war, dass der Vater bei Bewusstsein aber sehr eingeschränkt sei. Sie wisse nur, dass es sich bei dem Unfall um einen furchtbaren Sturz handelte. Vielleicht habe Frau Sander davon gehört und könne ihr Näheres mitteilen. – Du nicht auch noch, dachte Elinor. Nach diesem Telefonat sei Filip verschollen. Sie habe bei der Polizei in Krakau Vermisstenanzeige gestellt.

»Ich gehe täglich seine Mails durch und habe dabei auch Ihre erste Nachricht gefunden«, schrieb sie, »aber ich bin dabei auch auf verschlüsselte Dokumente gestoßen, die mir Rätsel aufgeben. Bitte, Frau Sander, kontaktieren Sie mich schnell und direkt unter antoninajankowska. Ich bin in großer Sorge.« Antonina J., von der Elinor nur gehört hatte, dass sie hübsch und gescheit war und gerne tanzte, tappte offenbar im Dunkeln, was die Nebentätigkeiten ihres Mannes betrafen. Sie unternahm eine kleine Probebohrung:

»Kennen Sie einen Jacek, einen ehemaligen Kommilitonen Ihres Mannes, der in Antwerpen wohnt?«, fragte sie zurück. »Er könnte vielleicht etwas wissen.«

»Jacek wer? Nie gehört. Und wieso Antwerpen? Das verstehe ich nicht. Filip fährt oft nach Antwerpen; er arbeitet als Geologe für die Bergbaufirma De Vries und ist viel auf Reisen in Europa. Aber diesmal wollte er nach Frankfurt, weil sein Vater dort im Krankenhaus liegt. Liebe Frau Sander, wissen Sie zufällig, wie es Dr. Jankowski geht?« Das wusste Elinor zufällig genau.

»Liebe Frau Jankowska, Ihr Schwiegervater ist entschieden auf dem Weg der Besserung. Er kann sich verständigen und bewegen; er ist lebhaft und ansprechbar.« Wie ansprechbar, musste Antonina J. nicht so genau wissen; auch nicht, dass Frau Sander in diesem Viererzimmer, in dem inzwischen ein drittes Laken straff über ein Bett gespannt war, den ärztlich empfohlenen Körperkontakt zu dem Patienten verstärkt hatte, als sie mit seiner freundlichen Erlaubnis ihre Hand tiefer unter den grünen Kittel geschoben hatte und dort auf Leben gestoßen war. Jankowski war sehr gegenwärtig, nur die Erinnerung an den Tag, als er die Fichten gefällt hatte und alles, was mit dem jüdischen Friedhof, dem Päckchen und den Diamanten zu tun hatte, war aus seinem Gedächtnis getilgt.

»Wo, Simon? Welches Grab? Osten, Westen? Näher am Blauhaus oder am Haupteingang? Bäume? Sarkophag? Säule?«

»Ich weiß es nicht, Elinor, bitte hör auf damit. Es

treibt sich irgendwo in meinem Kopf herum, aber es kommt nicht heraus, wie ein Zwiebelchen unter einem Backstein, und es hilft mir nicht, wenn du mich so drängst.« Er verstummte und schien hinter seiner Stirn nicht nur nach dem Diamantenversteck zu suchen, sondern auch nach Antworten auf Fragen, die er vergessen hatte, nach losen Fäden, einer abgeschnittenen Verbindung. Ein neunter Stein – ein Stein. Ein Gesicht – Filip. War er nicht gerade noch da gewesen? Ein Ort – Antwerpen. Kórnik – Magnolia denudata, Acer palmatum, Taxus baccata, brechende Rinde unter den Füßen, fettige Finger ...

Er bekam Besuch vom Hauptkommissar, der noch etwas beharrlicher nachfragte, den Backstein aber auch nicht heben konnte.

»Es ist erwiesen, dass Sie sich einer Straftat schuldig gemacht haben, Herr Dr. Jankowski«, sagte Baer und erklärte ihm, worum es sich handelte. »Gregor Koszyk hat gestanden und Ihren Namen genannt. Wenn Sie aus der Klinik entlassen werden, wird man sie nach Polen zurückschicken, wo Sie sich vor Gericht verantworten müssen.«

»Das wird wohl so sein«, sagte Jankowski bedauernd, »aber ich habe nicht die leiseste Erinnerung an diese Vorgänge, Herr Hauptkommissar.«

»Können Sie sich erklären, wo das Päckchen mit dem Diebesgut ist? Da wir es nicht bei Ihnen gefunden haben, müssen Sie es doch versteckt oder irgendwo bereits übergeben haben. In Ihrer Wohnung? Im Botanischen Garten? Auf dem Friedhof?« Jankowski breitete die Hände aus.

»Es tut mir leid. Wie ich schon sagte, ich wäre der Polizei gern behilflich, aber mir fehlt ein ganzes Stück Gedächtnis.«

»Wusste Frau Sander, wo Sie sich mit dem Kurier treffen sollten?«

»Frau Sander? – nein, nein; ich glaube nicht, dass ich mit ihr darüber gesprochen habe.«

»Wann haben Sie Ihren Sohn zuletzt gesehen?«

»Das muss in Krakau gewesen sein, an Weihnachten voriges Jahr.«

Wo trieb sich dieser Sohn herum, dachte Elinor. War er noch heil, und wenn ja, warum versuchte er nicht, Kontakt zu seiner Frau oder zu ihr aufzunehmen? In Berlin hatte sie den Erlös für die Diamanten einfach in die Handtasche gesteckt. Nun lagerte das Geld gebündelt in einem Schuhkarton im Kleiderschrank. Sie löste ab und zu das Gummiband von einer Rolle und zog ein paar Scheine heraus, kaufte eine neue Lampe und einen wertvollen alten Kelim für die Mansarde, spendete reichlich an die Deutsche Dendrologische Gesellschaft und ließ sich von einer Firma einen Kostenvoranschlag für die Dachsanierung geben, hoffend, dass man 12 300 Euro in bar entgegennehmen würde.

Nachts fuhr sie aus Träumen hoch, die ihr den Atem abpressten; tags wartete sie auf Telefonanrufe und fürchtete sie zugleich. Sie schreckte zusammen, wenn man sie ansprach, misstraute den Blicken Fremder, und obwohl sie versuchte ihr Leben weiterzuführen, als sei nichts geschehen, konnte sie ihre Unruhe kaum noch bezwingen. In der Frühe radelte sie durch den Regen zur Bibliothek, am Abend ging sie mit Simon in seinem neuen dunkelblauen Morgenmantel langsam über den Krankenhausflur. Bei dieser Gelegenheit verkündete sie ihm, dass sie den Garten umgraben und eine Yulan-Magnolie pflanzen werde.

»Ich hoffe doch an einen Ehrenplatz«, sagte er. Sie drückte seinen Arm. Dort, wo du gestürzt bist, dachte sie. – »Dort, wo du mich geküsst hast«, sagte sie schnell. Davon wusste er.

»Sentimentales Weib.«

»Frau mit Verstand und Gefühl«, widersprach Elinor. Sie lachten zusammen und für einen Augenblick war ihre Angst verflogen.

*

Tomasz Gowyn, der von weitem wie ein Junge aussah und auch aus der Nähe nicht besonders stattlich wirkte, besaß eine Eigenschaft, die ihm in seinem Beruf als Verbrecher von Vorteil war: den Anschein vollkommener Unschuld. Das rote Kinnbärtchen gab ihm etwas Verschmitztes und wenn er lächelte, wurde eine lustige kleine Lücke zwischen seinen Schneidezähnen sichtbar. »Er sah aus wie ein großer Lausbub«, gaben die entgeisterten alten Damen, die ihm ihre Ersparnisse anvertraut hatten, nachträglich bei der Polizei zu Protokoll. »Und er hatte so liebe braune Augen.« Wenn Tomasz sie anrief und sich als Freund des Enkels vorstellte, der leider in einer ganz bösen finanziellen Patsche saß, schlug er einen munteren, gleichwohl devoten Ton an, mit dem er meistens reüssierte, und wenn er zum Abkassieren an der Wohnungstür erschien, hatte er sich die Kapuze über den Kopf gezogen, damit niemand sah, dass sein Haar für einen jungen Mann doch schon recht schütter war. Auch die Dame an der Rezeption der Unfallklinik hatte keine Bedenken, ihn zu informieren, auf welcher Station er seinen lieben, guten Onkel fände, den zu besuchen er eigens aus dem Osten der Republik angereist sei.

»Es ist gerade Essenszeit«, lächelte sie, gerührt von so viel jugendlicher Zuneigung, »aber Sie können gern nach oben gehen, Neurologische Reha-Station, Zimmer 21. Fahrstuhl ist dort vorne rechts.«

Simon kannte Tomasz Gowyn als den dümmsten und faulsten Gärtnerlehrling, der je einen Spaten in die Erde von Kórnik gerammt hatte, und in seiner anfänglichen Verwirrung wunderte er sich, warum ausgerechnet dieser Mensch, dessen Laufbahn er in der Abteilung Magnolien und andere Ziergehölze ein schnelles Ende bereitet hatte, ihn in einem Frankfurter Krankenhaus besuchen sollte und er sah ihm sprachlos entgegen. Tomasz nahm das Zimmer mit den drei weiß überzogenen Betten befriedigt zur Kenntnis und entblößte dabei die Lücke zwischen seinen Schneidezähnen.

»Cześć doktorek«, sagte er spöttisch und trat ans

Fußende. »Du bist wieder auf dem Damm. Das ist gut. Du wirst also verstehen, was ich dir auszurichten habe. Gregor ist sehr unglücklich darüber, wie das mit den Klunkern gelaufen ist. Er sitzt zwar im Bau, aber er weiß von Andrzej, dass du ihn beklaut hast. Tja, ganz schlecht, Doktorchen. Die acht Diamanten kriegen wir zurück, so blöd, wie Filip ist, verlass dich drauf, aber leider, leider: einer fehlt. Deshalb soll ich dir sagen, dass Gregors Versprechen immer noch gilt. Du erzählst mir jetzt, wo der neunte Stein ist, oder es ist aus mit deinen Magnolien. Du weißt, dass ich weiß, wo das passende Zeug herumsteht, damit sie ganz schnell abkacken.«

Simon antwortete nicht. Er fühlte wie ihn eine Welle der Panik erfasste. Sein Herz begann zu rasen, seine Beine wollten aufspringen und mit ihm davonlaufen. Die Tür öffnete sich, er würde entkommen, er war frei, es war vorbei. Im Rahmen erschien die Pflegerin mit dem Essenstablett, die eine Krise erkannte, wenn sie einen Patienten vor sich hatte, der mit zuckenden Beinen im Bett lag und nach Atem rang. Mit zwei Schritten war sie bei ihm und drückte den roten Alarmknopf neben dem Bett. Als der Arzt kam, war der Besuch verschwunden.

An diesem Abend ging Elinor nicht mit Simon über den Flur. Sie hielt seine Hand und hörte, was er ihr zu sagen hatte. Sie müsse nach Kórnik fahren und seine Magnolien retten. Gregor Koszyk hatte selbst aus dem Gefängnis noch immer Gewalt über ihr und über sein Leben. Jankowski hielt sich nicht mit Höflichkeiten auf. Es war keine Bitte. Was konnte sie tun? Er hatte nachgedacht. Sie müsse mit Giertych sprechen, Professor Marta Giertych; sie war die Direktorin des Dendrologischen Instituts. Marta wüsste, was zu tun sei, egal, egal was, wenn nur die Magnolien in Sicherheit wären …

»Sei ruhig, Simon, sei ruhig. Ich fahre ja. Schreib mir ein paar Zeilen für die Frau auf. Ich weiß, von wem du redest. Manchmal steht dieser Kerl auch bei mir vor der Tür. Er droht dir, aber was kann er machen? Vielleicht kennt er sich in deinem Giftschrank aus, aber ich werde ganz bestimmt vor ihm in Kórnik sein. Nach Koszyks Leuten wird gefahndet und wenn ich ihn auch nur von weitem sehe, rufe ich die Polizei. Wie heißt er? Tomasz Gowyn? Schreib mir das auch auf.« Elinor legte ihm die Hand auf den Mund – »Sei nicht dankbar, Simon. Das ist nicht gut für uns« – und schaute an ihm vorbei. Sie war ihm so vieles schuldig. Sie hatte ihn in diese entsetzliche Lage gebracht. Erst der verfluchte Baum, dann das aufgerissene Päckchen hinter dem Grab. Die Diamanten gehörten ihr so wenig wie ihm, aber sie hatte keine Skrupel gefühlt, sie zu Geld zu machen. Weder sie noch Filip. Acht Steine; einer fehlte. Der neunte – ein Phantom?

Auf der Maschine nach Poznań, die am nächsten Nachmittag abhob, waren noch genug Plätze frei. Elinor packte nur ihre große Handtasche. So bin ich schon einmal aufgebrochen, dachte sie, während sie ein bisschen Wäsche zusammenfaltete und ihre Kosmetika einsteckte, und so bin ich – nun ja, nicht gerade mit leeren Händen aber mit einem Sack voller Probleme zurückgekommen.

Als sie die Nummer des Taxis wählte, hielt sie inne und legte wieder auf. Wenn Tomasz Gowyn heute ums Blauhaus herumschlich und ihr folgte? Hatte er mehr als ein Skateboard? Ein Motorrad vielleicht? Sie schulterte ihre Tasche, ging über die Hintertreppe und durch den Garten, schloss das Törchen auf und lief zwischen den Gräbern bis zum Kiesplatz hinter dem Hauptportal. Dort zückte sie ihr Telefon und bestellte einen Wagen zum Eingang des jüdischen Friedhofs in der Rat-Beil-Straße. Sie wartete, spähte durch die Lücken zwischen den steinernen und den eisernen Pfosten und erst als das Taxi vorfuhr und hielt, öffnete Elinor den schweren Torflügel, eilte über den Bürgersteig, stieg ein und nannte dem Fahrer den Flughafen als Ziel. An der Ampel zur Allee drehte sie sich im Fond um. Hinter dem Wagen rollte der 32er Bus und bog in die Haltestelle ein. Die Ampel sprang um; die Straße hinter ihnen war leer.

*

Wenn Professor Marta Giertych am Fenster ihres Büros im Kórniker Schloss stand, erblickte sie eine lange, schnurgerade Allee von Sumpfzypressen, die in der Ferne von einem schilfgesäumten Kanal durchschnitten wurde. Sie hatte diese Doppelreihe erst vor neun Jahren, als sie die Leitung des Dendrologischen Instituts übernahm, anpflanzen lassen und die Bäume waren bereits zu hohen, schlanken Gestalten herangewachsen. Im April lief sie in dieser Allee auf und ab und betrachtete zärtlich die winzigen Büschel des frischen Austriebs. Es war das gleiche Wunder, das sich in jedem Frühling ereignete, aber auch nach fünfundzwanzig Jahren dendrologischer Studien floss ihr das Herz beim Anblick dieses allerschönsten Grüns über. Jetzt im Winter, in der bleiernen Zeit, stand die Doppelreihe fein verästelter gleich hoher Bäume wie ein schütter gewebtes fahles Band zwischen ihr und dem Park mit dem Arboretum und als Augentrost blieben Marta Giertych nur die dunklen Nadelbäume vor dem Schloss; eindrucksvoll, natürlich, besonders die alten Zedern, aber niemals so begeisternd, wie der Ausbruch neuen Lebens in Taxodium distichum; ihren Sumpfzypressen.

Am Empfang hatte sich an diesem Morgen eine Frau Sander aus Frankfurt gemeldet und nun stand die Direktorin am hohen Spitzbogenfenster hinter ihrem Schreibtisch und wartete auf deren Erscheinen. Dass man die Dame zu ihr heraufführte, erschien wie ein letzter Rest höfischen Zeremoniells, lag jedoch eher an der Unübersichtlichkeit verschiedener Treppenhäuser und langer Flure mit antikem Parkett, die Besucher erklimmen und erknarzen mussten, ehe sie zu ihrer Tür fanden.

Sicher war Frau Sander eine Abgesandte des Botanischen Instituts in Frankfurt und überbrachte ihr eine Nachricht von Simon, von dem sie nichts gehört hatte, seit die Polizei dessen Büro und Labor durchsucht und den wenig verehrten Kollegen Gregor Koszyk in Handschellen abgeführt hatte. Der Londoner Juwelendiebstahl und die Verstrickung zweier Mitglieder der Polnischen Akademie der Wissenschaften in das kriminelle Geschehen sowie der folgende Auftrieb der Presse – sogar die BBC hatte ein Fernsehteam geschickt – waren der Arbeit des Dendrologischen Instituts nicht förderlich gewesen. Über Koszyks Abgang hörte die Direktorin hier und da Erleichterung aufklingen, aber dass der wegen seiner persönlichen Milde und professionellen Neidlosigkeit geschätzte Dr. Jankowski tatsächlich und moralisch so tief gefallen war, hatte im Haus mehr als flüchtige Spuren des Bedauerns hinterlassen. Wenn von ihm die Rede war, dann von dem »unglücklichen Simon«.

Die Dame, die anklopfte und auf ihr ›Ja, bitte‹ eintrat, kam nicht vom Botanischen Institut, brachte gleichwohl die lang erwartete Nachricht in Form eines Briefs. Marta Giertych bat sie in rollendem Deutsch, Platz zu nehmen und ihr etwas Zeit zu gönnen, um Jankowskis Schreiben zu lesen. So konnte Elinor sie in Ruhe hinter ihrem Schreibtisch betrachten. Sie hatte sich die Leiterin eines Dendrologischen Instituts als einen drahtigen, stabilen Gärtnerinnentyp vorgestellt, vielleicht sogar ein wenig knorrig. Dass sie zupacken konnte, verrieten jedoch nur Marta Giertychs ungeschmückte Hände mit den kurz geschnittenen Fingernägeln. Die übrige Person war klein und weich, in loses Dottergelb gewandet, mit einer üppig aufgeföhnten blonden Frisur und stark geschminkt, einschließlich künstlicher Wimpern. Blondinen sollten kein Gelb tragen, dachte Elinor. Und kein Halstuch mit Hufeisen. Bei ihrer Begrüßung hatte sie ein strenges, holziges Parfum wahrgenommen.

Professor Giertych las langsam. Nachdem sie das letzte Blatt umgewendet hatte, auf dem nur noch ein Gruß stand, schien sie enttäuscht zu sein und es dauerte ein wenig, bis sie aufblickte und ihrerseits Elinor in Augenschein nahm. Teurer Mantel, dachte sie, unmögliche Haare, slawische Knochen im Gesicht, aber sehr deutsch, zu alt für Simon.

»Er ist also auf dem Weg der Besserung«, sagte sie schließlich. »Das beruhigt mich außerordentlich. Und natürlich auch die Mitarbeiter am Institut. Dr. Jankowski ist ein sehr geschätzter Kollege.«

»Das will ich ihm gerne ausrichten. Er macht gute Fortschritte, aber er sorgt sich sehr um seine Magnolien.«

»Ja, das schreibt er hier.« Giertych tippte auf eine Stelle des Briefes und hob dann den Blick. »Ich könnte mir vorstellen, dass Sie die Bäume gern sehen würden, Frau Sander.«

»Ja, natürlich«, erwiderte Elinor ein wenig verblüfft, dass die Audienz schon beendet schien. Dabei hatten sie noch gar nicht über den Grund ihres Besuchs gesprochen. Das Dottergelb geriet in Bewegung und wurde schwungvoll in ein Lodencape gehüllt, das neben der Tür hing.

»Sehr gut. Allons!«, bestimmte Professor Giertych, zog einen Regenschirm aus dem Ständer und wallte hinaus auf den Flur. Das Intarsienparkett ächzte. Mit kurzen Schritten und immer mit demselben Fuß voraus stiegen sie die langen Stufen hinab. »Diese Treppen wurden einmal für Damen konstruiert, die Reifröcke mit zwei Meter Durchmesser trugen und ihre Füße nicht sehen konnten«, erklärte die Direktorin und wies auf ein Gemälde an der Wand, das eine Dame mit gepudertem Haar und im nämlichen Kostüm zeigte. »Teofila, unsere Weiße Dame, natürlich kein Gespenst, sondern eine aufgeklärte und entschlossene Person, die diesen alten Kasten im 18. Jahrhundert in eine aristokratische Residenz umgebaut hat. Darf ich fragen, was Sie beruflich tun, Frau Sander?« Elinor sagte es ihr.

»Und Sie sind eine Freundin von Simon Jankowski?« Das hatte er offenbar in seinem Brief nicht erwähnt, überlegte Elinor. Und was außerdem nicht? Dass er Schösslinge und Samen aus Kórnik an private Züchter verkauft hatte? Dass er erpresst worden war? Wie viel wusste seine Vorgesetzte darüber?

»Ja. Das Botanische Institut hatte eine Wohnung für ihn in meinem Haus angemietet. So haben wir uns kennengelernt.« Marta Giertych stemmte die schwere Eingangstür auf und spannte draußen den Schirm auf, ohne Elinor einen Platz darunter anzubieten. Sie schritten die Freitreppe hinunter, querten die Brücke über dem

Wassergraben und bogen auf einem breiten Kiesweg unter die hohen Bäume des Arboretums ein. Der Morgen war nicht zum Spazierengehen geeignet. Feiner Regen, der sich noch nicht zum Fallen entschlossen hatte, schwebte in der Luft und knispelte auf die immergrünen Sträucher entlang des Wegs. Marta Giertychs Föhnfrisur verlor an Spannkraft. Elinor sah in ihrem Profil die schwarzen Wimpernkränze erregt auf- und niederklappen.

»Diese Jahreszeit setzt mir stark zu«, verriet sie. »Glücklicherweise wird Hamamelis mollis bald zu blühen beginnen; die chinesische Zaubernuss«, erläuterte sie, falls die Dame aus Frankfurt botanisch ahnungslos sein sollte. »Wir kultivieren aber auch einige interessante Arten aus Nordamerika, nicht nur in reinem Gelb. Und natürlich unser Winterschneeball, Viburnum bodnantense, ebenfalls ein tröstlicher Anblick und ein lieblicher Duft. Wenn er blüht, dauert es nicht mehr lange, bis die Winterlinge erscheinen, tapfere kleine Burschen, die sich überall im Park ausbreiten; sie bilden ganze Teppiche unter den Bäumen, sehr hübsch.«

Noch mehr Gelb, dachte Elinor. Sie wäre gern auf Dringlicheres zu sprechen gekommen als den Winterblues der Direktorin. Marta würde wissen, wie der Gefahr zu wehren sei, hatte Simon gesagt, aber Marta schien das drohende Unheil nicht zu interessieren.

»Sie werden sich vielleicht fragen, warum wir im nassen Park herumstiefeln«, fuhr sie stattdessen fort. »Tatsächlich können wir hier offener und diskreter miteinander reden. Ich versuche seit Jahren herauszufinden, wie Interna, die in meinem Büro besprochen wurden, nach außen dringen konnten. Vielleicht handelt es sich um Reste des kommunistischen Überwachungsapparats, der auf geheimnisvolle Weise weiter funktioniert. Ich weiß es nicht, ich finde es nicht heraus und es macht mich nervös. Sie schaut Elinor von der Seite an. »Und ich fürchte, auf diesem Weg ist auch eine kritische Unterredung zwischen Dr. Jankowski und mir an – nun, wie sagt man? – an nicht autorisierte Ohren gedrungen.« Elinor blieb stehen.

»Eine kritische Unterredung? Darf ich fragen, ob sie etwas mit Dr. Jankowskis Brief zu tun hat? Vielleicht mit Gregor Koszyk und den gestohlenen Diamanten?« Marta Giertych machte eine wegwerfende Handbewegung.

»Nein, nicht die Diamanten. Das ist Sache der Polizei. Das Gespräch hatte mit Dr. Jankowski und den Pflanzen zu tun.« Die Direktorin war also bereits im Bilde. Oder?

»Die Pflanzen? Sie meinen, dass Gregor Koszyk von Dr. Jankowskis illegalem Handel mit seltenen und geschützten Pflanzen erfahren hat?«

»Allerdings. Woher wissen Sie das?«

»Weil Dr. Jankowski es mir erzählt hat. Aber wovon sprechen wir hier, Frau Professor Giertych? Von irgendwelchen Pflanzen, oder davon, dass jemand einen Anschlag auf Ihr Arboretum plant? Dass jemand droht, die Magnolien zu vernichten? Ich nehme an, dass

Dr. Jankowski Ihnen das geschrieben hat. Sollten wir nicht allmählich zum Thema kommen?« Marta legte den Schirm über die Schulter, blickte auf und ihrem Gegenüber ins Gesicht. Nazi, dachte sie, in welchem Ton die mit mir redet!

»Und woher weiß ich, dass ich Ihnen vertrauen kann?«, schnappte sie zurück.

»Vielleicht können Sie sich diese Frage selbst beantworten, denn aus welchem Grund sollte ich sonst hier sein, wenn nicht um Simon Jankowski zu helfen?«, erwiderte Elinor gereizt. Martas Parfum ging ihr auf die Nerven. »Er hat mich gebeten, Ihnen diesen Brief zu geben, weil er darauf zählt, dass Sie geeignete Schritte unternehmen werden. Ich hoffe doch ...«

»Seien Sie unbesorgt. Das werden wir.« Frau Professor kippte das Schirmdach wieder über ihren Kopf und sie gingen weiter. Das folgende Schweigen gab ihr ausreichend Gelegenheit, die Grobheit auf sich wirken zu lassen, und Elinor Zeit, eine Entschuldigung zu formulieren, die sie dann doch nicht aussprach. »Ich denke, Sie sollten erst einmal die Vorgeschichte hören, damit wir uns richtig verstehen«, fuhr Marta Giertych beherrscht fort. »Ja, es geht um die Pflanzen und zwar nicht um irgendwelche. Mir war aufgefallen, dass aus den Gewächshäusern immer wieder Stecklinge verschwanden, die meisten von unseren seltenen Sorten, die wir mit internationalen botanischen Instituten tauschen. Nur die besten. Es ging monatelang. Ich habe das nicht an die große Glocke gehängt, aber ich habe beobachtet. Er hat es leider sehr dreist angestellt, immer kurz vor einer Reise ins Ausland; hat sich sehr sicher gefühlt. Ich habe ihn in mein Büro gebeten. Simon und ich kennen uns schon sehr lange, müssen Sie wissen. Wir waren ein Paar, ehe ich vor zwei Jahren geheiratet habe. Ich bin … ich hätte ihn nicht entlassen, nein. Ich wollte nur, dass diese Sache unterbleibt, aber das Gespräch wurde abgehört, und derjenige drohte, das Wissenschaftsministerium zu informieren – sagte er, hätte er natürlich nicht gewagt, aber es war trotzdem unangenehm; laufend diese Anspielungen, kleine Stiche.«

»Gregor Koszyk«, sagte Elinor.

»Derselbe«, antwortete Marta Giertych. »Ein Glück, dass er endlich im Knast sitzt. Da kann er auspacken, was er will. Man wird ihm nichts mehr glauben.«

»Aber Sie reden immer noch lieber unter den Bäumen als in Ihrem Büro.« Es war das Nächstbeste, das Elinor als Friedensangebot in den Sinn kam.

»Das ist mir zur Gewohnheit geworden. Auch wenn die äußere Erscheinung manchmal darunter leidet.« Sie hob mit dem Handrücken eine feuchte Locke aus der Stirn. »Die Bäume meinen es gut.« Ein neuer holziger Duftschwall ließ Elinor den Atem anhalten. Jetzt haben wir lange genug drum herumgeredet, beschloss sie. Zur Sache, Marta!

»Hat Koszyk nie versucht, Sie mit dem, was er gehört hatte, zu erpressen?«

»Mich erpresst man nicht. Ich habe einflussreiche Freunde.«

»Die hatte Simon Jankowski leider nicht«, sagte Elinor spitz. »Und er hat Koszyk geglaubt, dass der ihn an höchster Stelle anzeigen wird. Deshalb hat er für ihn die Brillanten aus dem Londoner Einbruch nach Deutschland gebracht. Haben Sie das nicht gewusst, Frau Professor Giertych? Er hat ihm gedroht, andernfalls die Magnolien zerstören.« Marta und der Schirm fuhren herum.

»Was? Wie bitte?! Koszyk wollte die Magnolien zerstören? – Das Schwein!« Und weiteres auf Polnisch. Kurzer Stillstand, bis der Schock verzittert war und sie weitergehen konnten, Marta mit einem Schnauben. »Kollege Koszyk – dieser Unhold schreibt seine Dissertation über Dormanz in Bäumen und droht den Magnolien mit dem Todesschlaf – ha! Erpressung –, nein, das habe ich nicht gewusst, aber ich hätte es mir denken können. Die Polizei wollte mir einreden, Jankowski gehöre zu dieser Räuberbande. Aber Simon ist ein lieber Kerl. Ich kenne ihn besser als jede andere. Er hätte mit Koszyk niemals freiwillig gemeinsame Sache gemacht.« Sie schüttelte den Kopf. »Die Verheerungen, die dieser Verbrecher unter uns angerichtet hat.«

»Da stimme ich Ihnen zu«, sagte Elinor, obwohl sie nicht mit gemeint war. »Und Koszyk hat nie versucht, das Gehörte gegen Sie zu verwenden?«

»Ach, was! Ein Wichtigtuer. Mein Mann ist Oberstaatsanwalt. Da hätte er sich ganz schön die Finger verbrannt. Und was hatte er schon in der Hand? Dass ich Simon nicht entlassen habe? Läppisch! – Warum sagt er nichts, der dumme Mensch?! Tzt!« Das war an eine andere Adresse gerichtet. Für Marta eine Lappalie, dachte Elinor, für Simon der Absturz.

»Aber Koszyk war mehr als ein Wichtigtuer«, widersprach sie. »Die Polizei sagte mir, dass er der Buchhalter der Bande ist, und er zieht noch immer die Fäden. Kennen Sie diesen Mann, der droht, in seinem Auftrag die Magnolien zu vergiften?«

»Tomasz Gowyn? Ja, sicher. Er war Lehrling bei uns, aber ich weiß nicht, was er sich unter einer Lehre vorgestellt hat. Manche von diesen Burschen glauben, sie könnten den ganzen Tag im Schatten sitzen und qualmen. Als er im Gewächshaus die Anzuchttöpfe vertrocknen ließ, habe ich ihn rausgeschmissen. Ein Riesenverlust für das Arboretum – ich meine die Stecklinge, nicht Tomasz.«

»Er weiß aber immer noch, wo das Gift aufbewahrt wird, mit dem er die Bäume umbringen kann. Und er droht Ihnen.«

»Da kann er lange drohen.« Sie reckte ihre Hand durch den Armschlitz des Capes und schüttelte mit zwei Fingern einen Schlüsselbund wie ein Glöckchen. Der Regen hatte einen feinen Wasserschleier auf den Nadelfilz gestickt und gab Marta das Aussehen eines großen nassen Rauhaardackels. Vor ihnen teilte sich der Weg und ihre rundliche Gestalt trippelte zielstrebig voraus. »Aber jetzt sehen Sie erst einmal hier! Das sind Simon Jankowskis Magnolien. Unsere Magnoliaceae: Tulpenmagnolie, Purpurmagnolie, Sternmagnolie und noch weitere.« Sie blieben vor einem Hain großer, sich hoch und weit verzweigender Bäume und halbhoher Sträucher stehen, elegante Erscheinungen auch ohne Blätterkleid. Elinor begann sich plötzlich sehr nach ihrem Experten zu sehnen. Geliebte Bäume. Mehr als einen Menschen?

»Unschätzbar, ein wunderschöner Anblick, nicht wahr?«, sagte die Direktorin verbindlich. Sie hatte beschlossen, die deutschen Manieren dieser Frau Sander zu ignorieren.

»Ja, außerordentlich, sehr eindrucksvoll. Welche von ihnen ist die Yulan-Magnolie?«

»Ah, Sie haben sie nicht erkannt. Kein Wunder. Wir haben gerade sämtliche Informationstafeln im Arboretum entfernt. Sie müssen fast jeden Winter erneuert werden.« Sie lachte grimmig – »Wer weiß, ob dieser Dummkopf von Tomasz die richtigen Bäume überhaupt finden würde« – und streckte den Arm aus. »Die Yulan ist dieser prachtvolle Solitär dort drüben auf dem Rasen; unsere älteste; Magnolia denudata, fast hundert Jahre alt. Wie Sie sehen, trägt sie gerade Tausende von grauen Kätzchen. Das sind Schuppen, in denen die Knospen eingehüllt sind und wie in einem Pelzetui überwintern, bildlich gesprochen. Im Frühling steht sie dann da wie eine Braut. Ihr Anblick heitert mich jedes Mal beträchtlich auf. Diese Fülle! Dieses Versprechen! Dieser Duft! Oh, ja, die Yulan ist eine besonders festliche Vertreterin unserer herrlichen Bäume.«

Sie gingen über den Rasen und Frau Professor ließ ihre Hand leicht und sicher rundum über den Stamm gleiten, eine Geste, die Elinor erschauern ließ.

»Sie ist in Ordnung«, befand sie nach eingehender Prüfung, »keine Verwundung, keine Bohrlöcher, keine Nägel, auch keine Fußspuren, soweit ich sehen kann. Sagen Sie Simon, dass wir gut auf sie aufpassen.« Elinor räusperte sich.

»Verzeihen Sie. Ich würde ihm gern einen kleinen Zweig mitbringen. Meinen Sie, ich könnte …?

»Aber sicher!« Marta war nun ganz charmante Großzügigkeit. Die Hand, die zuvor den Schlüsselbund präsentiert hatte, reichte eine Gartenschere aus dem Cape. »Bedienen Sie sich und denken Sie daran, ihn schön feucht zu halten.« Elinor nickte. Wen feucht halten? dachte sie erheitert, während sie einen spannenlangen Zweig abknipste, ihr Taschentuch im regennassen Gras tränkte und den Zweig hineinwickelte. Warum gerät mir hier alles zur erotischen Phantasie? – der glatte Stamm, die Hand, die ihn streichelt, das graue Pelzetui, der feuchte Trieb, sogar das nasse Taschentuch. Ich begehre ihn so sehr, und er liegt in diesem verdammten Krankenhausbett. Sie drehte sich zu Marta um. Und die hier weiß natürlich auch Bescheid. Eine festliche Braut! Wie sie diese Kätzchen befingert, versonnen, wohlig erregt. Und wie gut ich ihre Spielchen verstehe: ›seine‹ und ›unsere‹, ›ich‹ und ›wir‹. Es gefällt mir gar nicht, Simon mit seiner alten Flamme zu teilen; und ich gefalle ihr erst recht nicht. Sie lässt mich fühlen, dass er zu ihr und nach Kórnik gehört, zu keiner anderen Frau und an keinen anderen Ort.

»Und jetzt«, sagte Marta Giertych, »zeige ich Ihnen noch die Giftabteilung. Früher, als Tomasz hier arbeitete – oder nicht arbeitete, wurden alle Substanzen in einem der Gewächshäuser aufbewahrt, aber das ist natürlich viel zu gefährlich. Ich habe dafür gesorgt, dass sie hinter Schloss und Riegel kommen – das ist eine gute deutsche Redensart, nicht wahr? Und es gibt nur einen Schlüssel – den habe ich!« Sie wandten sich um und gingen schweigend unter den tropfenden Bäumen zurück. Hier bekäme ich im Winter auch den Blues, dachte Elinor – eine notwendige Zeit der Ruhe für die Natur, ja, ja, gewiss, Schlaf, Dormanz, Regeneration, Erwartung, aber optisch und emotional so unerfreulich. Sie würde das Arboretum nie so sehen, wie Simon – und wie Marta es kannten, die schwellenden Knospen, die Blütenfülle, die Düfte, die grünen Laubgebirge, das lebendige Wasser, die vom Sonnenlicht überströmten Pfade, und nun war sie schon wieder auf dem Weg hinaus.

Seite an Seite gingen sie über die Brücke und blieben vor einer der gotischen Turmtüren stehen. Durch den Schlitz im Cape erschien wieder der Schlüsselbund und wurde durchsortiert. Dann sperrte Marta Giertych auf und knipste das Licht an. Hinter der Tür lag ein weißgekalktes, klimatisiertes Gewölbe mit Metallregalen an drei Wänden, auf denen Eimer, Säcke und Kanister gestapelt waren.

»Unser Waffenarsenal«, stellte sie mit einer umfassenden Geste vor. »Hornspäne, Gesteinsmehl, Algenkalk; wir düngen vorwiegend organisch; auch Kalimagnesia, Blaukorn kommt nicht mehr infrage – was macht das denn noch hier? Rechts die Spritz- und Stärkungsmittel, Neem, Rainfarn, Brennnessel, Schachtelhalm und da hinten haben wir die Mordinstrumente: Kupfersulfat, Chlor, Glyphosat, Blauwassernägel und noch so allerlei Verderbliches.«

»Das klingt gruselig«, sagte Elinor. »Wie gehen die Mörder vor?«

»Sie bohren Löcher in den Stamm oder in die Wurzeln und schlagen diese Nägel ein, die mit flüssigem Kupfersulfat gefüllt sind. Wenn man die Löcher findet und ausspült, ist es meistens schon zu spät. Oder sie kippen das Gift gleich über die Wurzeln. Aber das wird bei uns nicht geschehen. Kommen Sie, gehen wir! Ich wollte Ihnen eigentlich nur zeigen, dass hier niemand eindringen kann. Seien Sie also unbesorgt. Unsere Magnolien sind in Sicherheit. Das können Sie ihm ausrichten.«

Auf der Brücke über dem Wassergraben verabschiedeten sie sich, suchte jede nach dem trefflicheren Abgang, dem ganz feinen, gleichwohl spürbaren Hauch der Überlegenheit. Marta, ein wenig ramponiert und durchfeuchtet, genoss als Schlossherrin von Kórnik und Gebieterin über das Arboretum den natürlichen Vorteil. Sie lächelte nachsichtig und konnte sich viele Worte sparen. Elinor, das Haar vom Nieselregen kämpferisch gesträubt, war ihre geglückte Mission eine

Stütze des Bewusstseins, als Siegerin zu scheiden, und sie lächelte ebenfalls. Simon erwartete sie. Einem Händedruck waren der Schirm wie der Magnolienzweig gleichermaßen im Weg.

»Ich fliege heute Abend zurück. Es hat mich sehr gefreut, Frau Professor Giertych. Vielen Dank für diesen aufschlussreichen Spaziergang. Ich hoffe, es gelingt Ihnen irgendwann, dieses tückische Abhörsystem aufzuspüren. Wie beruhigend zu wissen, dass die Magnolien so gut beschützt werden. Kann ich Simon sonst noch etwas ausrichten?« Aber Marta hatte Elinor als Überbringerin froher Botschaften nicht vorgesehen.

*

Die Bäume in Kórnik mochten in Sicherheit sein; aber wer passte in Frankfurt auf den Dendrologen auf?, fragte sich Elinor, als sie auf dem Rückflug von ihrem Fensterplatz in die Dunkelheit hinaussah, den eingewickelten Zweig im Schoß. Koszyks Leute liefen ja noch immer frei herum, und sollte Tomasz Gowyn es nicht noch einmal riskieren, in sein Krankenzimmer einzudringen, dann versuchte vielleicht ein anderer von ihnen, Simon nach dem Leben zu trachten. Und wenn dann keine Pflegerin rechtzeitig durch die Tür träte…?

Es schien also angezeigt, die Polizei über die Lage zu informieren, auch wenn Elinor es sonst vorzog, nichts von dieser Seite zu hören. Am nächsten Morgen rief sie

Hauptkommissar Baer an und stellte zu ihrer Beunruhigung fest, dass er sie schon gesucht hatte.

Im Hotel Zum Alleenring hatte die Polizei das Smartphone von Filip Jankowski geortet, das er dort vergessen hatte. Das Zimmer im vierten Stock war in der Zwischenzeit dreimal belegt und wieder geputzt worden; die Spurensicherung fand nichts Brauchbares mehr, aber das Telefon verriet neben Kontakten nach Krakau auch mehrere Telefonate mit einem Jacek Piontek in Antwerpen und eine interessante Sprachnachricht von Elinor Sander. Baer bat sie, ins Präsidium an der Adickesallee zu kommen und zwar unverzüglich. Er erwartete sie in seinem Büro mit Blick in den Innenhof und ließ ihr keine Zeit für Erklärungen.

»Ich höre, Sie haben das Gefühl, beobachtet zu werden, Frau Sander?« Von wem gehört? dachte sie, nicht von mir. Sie war auf der Hut.

»Ja, seit einiger Zeit. Ein Mann ist mir offenbar gefolgt und hat sich manchmal vor dem Haus herumgetrieben. Er ist ziemlich klein, eine halbe Portion, mit einem roten Kinnbart und er trägt einen Fanpullover von Eintracht Frankfurt mit einer Kapuze.«

»Hat er Sie angesprochen oder bedroht?«

»Nein, das hat er nicht, aber er …«

»Sie haben nicht daran gedacht, die Polizei zu verständigen?« Sie holte Atem. »Frau Sander«, schnauzte er sie an, »wir fahnden nach den Einbrechern, die Sie misshandelt und Ihre Wohnung verwüstet haben. Wir suchen die Diamanten aus London, die Ihr Freund Simon Jankowski nach Frankfurt geschmuggelt hat und hier einem Kurier übergeben sollte. Und Sie halten es nicht für nötig, uns zu informieren, wenn Ihnen jemand folgt!?«

»Ja, das hätte ich tun sollen.« Elinor senkte den Kopf. »Es ist nämlich so und deshalb habe ich Sie auch angerufen: Dieser Mann mit der Kapuze war in der Unfallklinik und hat Dr. Jankowski bedroht. Er wollte von ihm wissen, wo die Diamanten sind, aber Dr. Jankowski kann sich natürlich nicht erinnern. Er hat den Mann erkannt. Sein Name ist Tomasz Gowyn. Er ist ein ehemaliger Gärtnerbursche aus Kórnik.«

»Ganz sicher? Kein …« Dem Kommissar fiel der passende Fachausdruck nicht ein. Stattdessen kreiselte er mit dem Zeigefinger neben der Schläfe.

»Nein«, erwiderte Elinor empört. »Dr. Jankowski kann ihn genau beschreiben.«

»Wann war das?«

»Gestern«, log Elinor.

»Den Namen noch einmal.«

»Tomasz Gowyn.« Baer kritzelte in seinen Notizen.

»Da ist noch etwas«, sagte er und blätterte. »Filip Jankowskis Smartphone wurde sichergestellt. Sie haben auf seiner Sprachbox eine Nachricht hinterlassen, in der Sie sagen – Moment mal – Sie sagen ›Ich glaube, ich werde verfolgt, und es ist besser, wenn man uns nicht zusammen sieht.‹ Von wem wollten Sie nicht zusammen gesehen werden?« Elinor fühlte, wie ihr Herz schneller schlug, aber sie wich seinem Blick nicht aus und log lächelnd weiter.

»Oh, das war nur so eine Art Scherz. Filip Jankowski hatte mich zu Hause besucht, weil er mehr über den Unfall seines Vaters erfahren wollte, und er hat mir dabei von seiner Familie erzählt und wie furchtbar eifersüchtig seine Frau sei und welche Komplikationen das immer gab. Ich glaube, sie hatte Grund, eifersüchtig zu sein, denn sie hat sogar einmal einen Privatdetektiv beauftragt, der ihn beschatten sollte. Na, ja, so sagte er jedenfalls und dass er am nächsten Tag nach Krakau zurückfahren würde. Ich hatte noch ein paar Sachen von seinem Vater in Verwahrung, die ich ihm vorher im Hotel vorbeibringen wollte; eine Taschenlampe und das Telefon und« – sie lachte verlegen – »weil dieser fremde Kerl, also dieser Gowyn, ständig vor dem Haus herumhing, kam es halt zu dieser albernen Bemerkung.« Baer sah sie lange über seinen Schreibtisch hin an. Er glaubte ihr kein Wort.

»Sie werden hier als Zeugin befragt, Frau Sander, aber Sie reden sich gerade um Kopf und Kragen. Ich warne Sie, Sie machen sich selbst einer Straftat verdächtig. Filip Jankowski ist am nächsten Tag, dem 13. November, tatsächlich abgereist, aber nicht nach Krakau, sondern nach Antwerpen, wo er versucht hat, acht Diamanten unbekannter Herkunft an einen Komplizen zu verkaufen. Der Hehler in Antwerpen wurde gefasst und ist geständig. Wir haben guten Grund anzunehmen, dass es sich bei den Diamanten um die Londoner Steine handelt. Jankowski war in Begleitung einer Frau. Wo waren Sie an diesem Tag?«

»Am 13. November? Am Tag seiner Abreise? Sie vermied, den Kommissar mit einem ›lassen Sie mich nachdenken‹ weiter zu reizen, und flocht nur eine kleine Besinnungspause ein. »Ich hatte mir den Morgen frei genommen, weil ich mich nicht wohlgefühlt habe. Später am Nachmittag bin ich dann zu Herrn Jankowski in die Klinik gefahren.«

»Das Datum wird er ja kaum bestätigen können«, sagte Baer sarkastisch.

»Nein, das wird er nicht können. Doch sicher jemand vom Pflegepersonal.« Bitte nicht, dachte Elinor, aber da sie Simon jeden Tag besuchte, würde sich wohl niemand an diesen einen erinnern, an dem sie nicht aufgetaucht war.

»Das werden wir bald wissen.« Hauptkommissar Baer stand auf. Ihre Unterredung war beendet. Auch Elinor erhob sich und hoffte, ihre Beine würden sie zügig hinaustragen. Erst halb durch die Tür, drehte sie sich um und fragte:

»Haben Sie Filip Jankowski gefunden?«

»Noch nicht«, sagte er. »Sie informieren uns bitte sofort, wenn er versuchen sollte, sich mit Ihnen in Verbindung zu setzen.«

»Oh, ja, selbstverständlich.«

»Und Sie halten sich bitte zu unserer Verfügung.«

»Ich habe nicht die Absicht zu verreisen.« Nicht noch einmal.

*

Filip wurde von seinem Freund Jacek verraten, der von der kleinen Wohnung über dem Antiquitätengeschäft in der Appelmansstraat wusste, wo die belgische Polizei einen britischen Pass mit Filip Jankowskis Foto auf den Namen Basil Blackwell fand, seinen Anrufbeantworter und eine große Menge Bargeld. Im Teppichboden stießen sie auf winzige Spuren von Diamantsplittern und im Keller auf eine Kiste mit gefälschten Autokennzeichen. Warum der Deal, den dieser ihm angetragen hatte, geplatzt war, erklärte Jacek mit vollkommen überzogenen Preisvorstellungen des anderen für die acht Brillanten unbekannter Herkunft, die zu inspizieren er leider keine Gelegenheit gefunden habe.

Im Verhör beschrieb Jacek Piontek auch die Person, die besagter Filip Jankowski als seine Geschäftspartnerin ausgegeben hatte, aber da er ältere Frauen als Frauen nicht zur Kenntnis nahm, war sie als mittelgroße Gestalt im Mantel und dunkler Kopfbedeckung durchgegangen; so um die siebzig, vermutlich Engländerin. Sie hatte seinen Freund Andrzej angegiftet, ehe die beiden mit den Steinen, die sie ihnen eigentlich andrehen wollten, die Wohnung wieder verlassen und sie boshafterweise darin eingeschlossen hatten, so dass die Feuerwehr kommen musste, um sie zu befreien. Seine Entrüstung über diese Gemeinheit war ehrlich. Wo Andrzej sich mittlerweile aufhielt, entzog sich Jaceks Kenntnis.

Während Elinor langsam zur Bibliothek zurückging, wurde ihr klar, dass Baers Klinge sie nur um Haaresbreite verfehlt hatte. Bisher. In der Sprachnachricht auf Filips Telefon hatte sie die gemeinsame Reise nicht erwähnt und ihre Fahrkarte nach Antwerpen statt online kurz vor der Abreise im Bahnhof gekauft und bar bezahlt. Aber wenn dieser Jacek ihre Person der belgischen Polizei beschrieb, wäre sie vermutlich schnell entlarvt. Sie könnte es abstreiten, aber sie hatte kein Alibi. Sie hatte einen Urlaubstag genommen. Frau Hensel war statt ihrer in die Klinik gegangen. Und sie war zusammen mit Filip durchs Diamantenviertel spaziert, wo an jedem zweiten Haus eine Überwachungskamera hing.

Ebenso gut hätte sie Baer gestehen können, dass sie die Brillanten auf dem Friedhof gefunden – und mit Filip geteilt hatte, Brillanten, die ihr alle irgendwie in den Ausguss gekullert waren. Ein Geständnis hätte ihr vielleicht zum Vorteil gereicht, aber welche Folgen hätte es für Simon – und für Filip? Wo steckte er? Wusste er inzwischen, dass die Polizei nach ihm fahndete?

Im Blauhaus schloss Frau Wohlgemut gerade ihre Wohnungstür auf, als Elinor am Abend zurückkam.

»Ah, Frau Sander, gut dass ich Sie treffe. Heute Vormittag hat ein junger Mann bei uns geklingelt und nach Ihnen gefragt. Er dachte wohl, dass Sie noch hier im Parterre wohnen.«

»Was für ein junger Mann?«, fragte Elinor bestürzt. »Wie sah er aus? So ein Kleiner in einem Fußballpullover?«

»Nein, nein, er war eher groß und schlank, sah gut

aus, beiger Wintermantel, glaube ich, ziemlich eingemummelt in Mütze und Schal, obwohl's draußen ja noch gar nicht so kalt ist.«

»Und? Hat er was gesagt?«

»Er sprach nicht gut Deutsch. Fragte nur ›Frau Elinor Sander?‹, und ich habe nach oben gedeutet und gesagt ›dritter Stock‹. Er wollte dann die Treppe rauf und ich habe hinterhergerufen: ›Ist nicht da. Ist in der Deutschen Bibliothek.‹ Da hat er glaube ich, leise geflucht und ist weggegangen.«

»Sonst nichts? Keine Nachricht?« Frau Wohlgemut schüttelte den Kopf.

»Tut mir leid, hätte ich fragen sollen?«

»Nein, nein, ist schon gut, er kommt sicher wieder«, sagte Elinor, aber sie ahnte, dass der junge Mann es kein zweites Mal wagen würde.

*

Statt Filip meldete sich Antonina Jankowska bei Elinor. Sie verliere die Geduld mit der Polizei, schrieb sie ihr aus Krakau, und werde sich jetzt selbst auf den Weg nach Frankfurt machen, um ihren Mann zu suchen. »Ich rate davon ab«, hatte Elinor geantwortet, aber da war die andere schon unterwegs und stand zwei Tage später am Empfang der Deutschen Nationalbibliothek. Zuvor hatte sie am Blauhaus geklingelt und Frau Hensel – zum Ausgehen bereit – hatte sie vor der Tür aufgegriffen und ein Stück die Rat-Beil-Straße entlang begleitet, ehe sie mit den Worten »unsere British Library« ihren Spazierstock auf den Kasten mit den hohen glatten Säulen und der offenen Backsteinarkade jenseits des Alleenrings gerichtet hatte. Aber trotz eines diskreten Verhörs war Frau Hensel nach dieser gemeinsamen Viertelstunde auch nicht klüger, was Antonina J. nach Frankfurt geführt hatte.

»Sie sind weit gereist«, sagte Elinor. »Mit dem Auto? Von Krakau? Das sind ja über neunhundert Kilometer! Kommen Sie, gehen wir erst mal was essen. Ich lade Sie ein«, und führte sie durchs Foyer in das Selbstbedienungsrestaurant im Erdgeschoss. Filips Frau, eine hübsche Brünette mit elfenbeinheller Haut, war am Abend zuvor eingetroffen, in einem Hotel am Bahnhof abgestiegen, hatte sich am Morgen in ein Taxi gesetzt und sie gesucht. Ob es gescheit war, diese Reise zu unternehmen, bezweifelte Elinor. Um sich ein wenig aneinander zu gewöhnen, verbrachten sie eine Weile mit der Menu-Besprechung und trugen dann ihre Tabletts zu einem Tisch hinter den hohen Scheiben, durch die man den Vorplatz der Bibliothek und die Allee überblicken konnte.

»Was hat denn die Polizei in Krakau unternommen, um Ihren Mann zu finden?«

Antonina schnitt kleine Bissen von ihrem Schnitzel ab, spießte sie auf, führte sie manierlich zum Mund und kaute mit niedergeschlagenen Augen. Sie ließ Elinor an Schneewittchen denken, das mit einem Gäbelchen vom Tellerchen aß und mit spitzen Lippen aus seinem Gläschen trank. Dann hob Antonina den Blick, lächelte und hervor kam ein wenig Stahl.

»Sie haben mir gesagt, dass sie ihn international zur Fahndung ausgeschrieben haben.« Mit Bedacht zerteilte sie ein Karöttlein und stippte es in die Soße. »Ich will ganz freimütig sein, Frau Sander, denn es kommt ja doch alles heraus. Die Polizei in Krakau hat mich ein paar Mal vernommen und sie hat Filips Computer beschlagnahmt und ausgewertet. Sie selbst haben mich nach seinem Kommilitonen Jacek in Antwerpen gefragt. Ich kenne ihn nicht, aber die polnische Polizei kennt ihn jetzt.«

»Sie haben der Polizei gesagt, dass ich Ihnen den Namen ...«

»Oh, nein, nein, nein, das war gar nicht nötig. Jacek Piontek steht in Filips online-Adressbuch.«

Auch Antoninas Englisch hatte etwas Erlesenes, einen nasalen Hauch, der Elinor an britische Serien erinnerte, in denen die königliche Familie eine Rolle spielte. Die Prinzessin legte ihr Besteck auf den Tellerrand und fuhr fort: »Die Polizei hat herausgefunden, dass Filip und dieser Jacek alle möglichen unsauberen Geschäfte zusammen gemacht haben. Die beiden haben deutsche Luxusautos nach Polen und Litauen verschoben, und sie haben in Belgien Schwarzhandel mit russischen Diamanten getrieben. Jacek wurde in Antwerpen verhaftet.«

Das also waren die unübersichtlichen Nebentätigkeiten, dachte Elinor. Ein ganz schönes Pfund. Jacek haben sie geschnappt, aber wo ist der dicke Mann abgeblieben?

»Und da ist leider noch etwas«, sprach Antonina weiter. »Es hat mit seinem Vater zu tun. Er hat im Auftrag einer internationalen Bande von Einbrechern einen Haufen Diamanten nach Deutschland geschmuggelt – sagt die Polizei. Ein riesiger Juwelenraub in London vor ein paar Jahren.« Sie neigte sich vor und sprach vertraulich. »Ich für mein Teil glaube eher, Filip ist ihm nachgereist, weil er mit ihm gemeinsame Sache machen wollte.« Ein Mundwinkel, eine Geste deuteten die Fragwürdigkeit des Verdächtigten an. »Wissen Sie, Frau Sander, die Jankowskis sind alle irgendwie von ein und derselben Sorte. Die stecken zusammen unter einer Decke. Wie soll ich sagen – unzuverlässige Elemente, Rumtreiber.« Eine Pause. »Und schlechte Ehemänner.« Hier spricht Filips Frau, die ihn mit einem Wink und einem Lächeln an eine Fremde verrät, dachte Elinor; ihn und Simon. Kleine Petze! Die kennt mich doch überhaupt nicht. Und was bedeutet dieser Plural?

»Ich weiß Ihre Freimütigkeit zu schätzen, Frau Jankowska, aber, verzeihen Sie, ich bin erstaunt, wie kühl Sie das alles lässt.«

»Ich bin so kühl, weil ich mit Filip fertig bin. Ich werde ihn verlassen. Jetzt weiß ich nämlich Bescheid. Er ist ein Schuft und ein Verbrecher.« Sie nahm ihr Besteck auf, säbelte ein zweites Rübchen auseinander und schob es zwischen die Lippen. »Er hat mir vorgespielt, dass er als Geologe für De Vries arbeitet, Erforschung von Gesteinsschichten, Suche nach Rohstoffen, solche Sachen, dabei hat er mich seit Jahren hinters Licht geführt; ein Doppelleben geführt. Könnten Sie das einem Mann jemals verzeihen, Frau Sander?«

Elinor wusste es nicht; sie wusste nur, wie es war, ihre Schwester hinters Licht zu führen, und sie hatte dafür einen verzeihlichen Grund gefunden, nämlich das Blauhaus vor der Versteigerung zu retten. Ihr Haus. War das ein Verbrechen? Doch Antonina erwartete gar keine Antwort, sondern fuhr in der gleichen Manier fort:

»Wir haben gut gelebt, das kann ich Ihnen sagen, Reisen ins Ausland, eine schöne Wohnung in Krakau. Filip hat mir teure Geschenke gemacht.« Sie streifte den Ärmel ihres rosa Mohairpullovers hoch und zeigte eine goldene Spange vor, die mit einer Reihe glitzernder Steine besetzt war; Brillanten, die Elinors kundig gewordenes Auge auf über ein Karat schätzte; sehr weiß, sehr auffallend. »Und alles war gelogen, alles gelogen. Es ist aus. Ich bin fertig mit ihm!«

»Und trotzdem suchen Sie nach ihm.«

»Ja, sicher, so einfach kommt er mir nicht davon.«

»Aber liebe Frau Jankowska«, sagte Elinor mit Wärme, »dass er krumme Geschäfte gemacht hat, heißt doch nicht, dass er durch und durch schlecht ist. Dass er Sie nicht liebt. Sie haben einen kleinen Sohn zusammen ...«

»Das hat er Ihnen erzählt?« Die andere schien von so viel Indiskretion peinlich berührt. »Aber da können Sie mal sehen! Was ist denn das für ein Einfluss! Von einem kriminellen Vater! Unser Simon ist so ein sensibler kleiner Junge und so musikalisch. Das Talent hat er natürlich aus meiner Familie. Sie sollten ihn mal Flöte spielen hören; ein richtiger kleiner Künstler. Keinen Tag länger werd' ich mit ansehen, wie dieser Mistkerl ihn verdirbt.«

Armes Kind, dachte Elinor; wohin mit dir? Kleine Jungs sollten von ihren Vätern nicht das Klauen und Betrügen lernen, ganz bestimmt nicht, eher – was? Wie man fair spielte, einen Hund anfasste, nicht vom Fahrrad fiel, oder mal die Klappe hielt. Und obwohl Filip sie ebenfalls getäuscht hatte, wollte sie nicht an seinen kriminellen Einfluss glauben. Er hatte liebevoll von dem kleinen Rabauken gesprochen, der auf Bäume kletterte und sich einen Hund wünschte. Kein Wort über die Flöte. Und was hatte das Kind Gescheites von seiner Mutter gelernt? Wie man Messer und Gabel handhabte? – Das sind doch Vorurteile, ermahnte sie sich, dumme Rollenklischees, nur weil ich mit den Jankowskis unter einer Decke stecke; zumindest mit dem einem. Warum sollte Simon junior kein Instrument spielen; und warum glaube ich ihr das nicht? Antonina und ihr kleiner Künstler! Schneewittchen und sein Zwerg.

»Tanzen Sie eigentlich gern?«

»Ich? Nicht besonders. Filip spielt da gern den Hampelmann. Wie kommen Sie jetzt darauf? Hat er Ihnen das etwa auch erzählt?«

»Nein, nein, ich dachte nur gerade an das musische Talent in Ihrer Familie, von dem Sie sprachen und wie es sich in Ihrer Haltung ausdrückt. Auf mich wirken Sie ein wenig wie eine Tänzerin, so ... diszipliniert.«

»Wirklich?« Antonina spürte, dass ihr die alte Dame mit den harten blauen Augen und der Sturmfrisur kein Kompliment gemacht hatte. Da wäre also noch etwas, das der Vater seinem Sohn beibringen könnte, dachte Elinor: Tanzen. Mit Grazie in den Schultern.

»Hat die Polizei denn eine Spur, eine Ahnung, wo Ihr Mann sich aufhalten könnte?«, fragte sie. Die andere tupfte sich den Mund mit der Papierserviette ab, faltete sie zusammen und schob sie unter das Besteck auf dem Teller.

»Sie haben seine Spur in Antwerpen gefunden. Dieser Jacek hat gestanden, dass er ihn vor ein paar Tagen da zusammen mit einer Frau getroffen hat, wohl irgendeine Schlampe, mit der er mich betrügt. Ich kenn' doch meinen Filip. Der Typ sagt, die beiden wollten ihm gestohlene Diamanten unterschieben, aber er hätte abgelehnt.« Elinor spürte wieder den Lufthauch der Klinge. Das war knapp.

»Und was hoffen Sie nun in Frankfurt herauszufinden?«

»Ich will natürlich zu meinen Schwiegervater. Vielleicht weiß er mehr über Filip, als er der Polizei erzählt hat.« Sie kniff schelmisch ein Auge zusammen. »Sie wissen schon, auf Polnisch kann er sich vielleicht besser erinnern. Und natürlich möchte seine Frau, dass ich ihn mit nach Hause bringe.«

»Seine ...?

»Ewa ist seine geschiedene Frau, sollte ich wohl sagen, aber sie leben in Poznań im selben Haus und er hat sich die ganze Zeit um sie gekümmert. Nun ist es höchste Zeit, dass seine Familie sich um ihn kümmert. Sie sagen ja selbst, dass er ansprechbar ist und auf dem Weg der Besserung. Ich habe auch schon mit der Klinik telefoniert. Sie können ihn da nicht länger behalten. Mein Schwiegervater muss sich jetzt erst mal neu sortieren, wissen Sie, er braucht Ergo- und Physiotherapie und was weiß ich. Ich habe das alles schon beantragt, aber es gab endlose Schwierigkeiten mit der Versicherung; Papiere hin, Papiere her – Polen – Deutschland, aber das ist jetzt geregelt, und wenn er transportfähig ist, können wir die Fahrt nach Poznań wagen. Ich habe einen großen Volvo, in dem man den Sitz nach hinten klappen kann. Er könnte sich also auch hinlegen, wenn ihm das zu viel wird. Ich denke aber, in gut sechs Stunden ist das zu bewältigen. Ewa wäre gern mit nach Frankfurt gekommen. Sie hat früher Gärten angelegt und nach der Grenzöffnung ein halbes Jahr im Frankfurter Palmengarten gearbeitet – den kennen Sie vielleicht, Frau Sander? So ein Zufall, nicht wahr, ausgerechnet Frankfurt, aber Ewa wird langsam ein bisschen vergesslich und kann nicht mehr reisen. Sie vermisst ihn ganz ungeheuer – ihren Schuft von Mann, meine ich, nicht den Frankfurter Palmengarten.«

Antonina kicherte über ihren Witz, der Elinor entgangen war. Sie zog ihre kühle Fassade hoch, aber ihr Gegenüber bemerkte es nicht. Sie sah nur eine Dame im roten Kaschmir-Twinset, die schweigend und angelegentlich die Tomatensoße ihrer Cannelloni mit einem Stück Brot auftunkte. So redete Antonina immer weiter und suchte mit den Augen den Kaffeeautomaten am Buffet. Keine von ihnen gewahrte den großen Mann mit der dunklen Mütze, der sich den Wollschal bis unter die Nase gewickelte hatte. Er war kurz unter den Arkaden stehen geblieben, drehte sich nun um und schritt in die Gegenrichtung davon.

»Ob die hier auch Espresso haben?«

»So ein Zufall«, wiederholte Elinor lahm, »der Palmengarten. Ja, den kenne ich. Aber ich glaube nicht, dass die Polizei Dr. Jankowski schon vernommen hat. Er lag drei Wochen im Koma. Und ich rate dringend davon ab, ihn zu beunruhigen.«

»Ach, ja?« Ein Augenaufschlag. Elinor sah, wie sich hinter dieser reinen Stirn die Rädchen in Bewegung setzten.

»Aber ich habe mit der Klinik schon besprochen, dass er morgen entlassen werden kann. Das ist kein Problem, Frau Sander. Ich will heute Mittag noch in dem Hotel vorbeischauen, wo Filip gewohnt hat. Er hat nämlich sein Smartphone da vergessen. Es hing in seinem Zimmer noch am Netzstecker. Typisch Dummkopf. Das Hotel hat mich letzte Woche benachrichtigt. Wissen Sie zufällig, wo das ist« – sie holte einen Zettel aus ihrer Handtasche – »das Hotel Zum Alleenring?«

»Den Gang können Sie sich sparen«, sagte Elinor und stand auf. »Die Polizei war vor Ihnen da.«

Sie nahm ein Taxi, ließ es am Blauhaus warten, lief rasch in die Mansarde hinauf und wieder hinunter und fuhr weiter zur Klinik. Jankowski saß im Morgenrock auf der Bettkante. Der Magnolienzweig stand in einem Wasserglas auf dem Rollschränkchen: drei graue Kätzchen im Winterschlaf zwischen Medikamenten, einem Band mit Wisława Szymborskas Gedichten auf Deutsch und Polnisch *Der Augenblick / Chwila* und seiner Lesebrille. Als Elinor zurück aus Kórnik wie eine Friedenstaube mit dem Zweig in seinen Armen gelandet war, hatte er sich Daumen und Mittelfinger in die inneren Augenwinkel gedrückt und über seine Rührung gelacht.

»Du bist auf. Wie geht es dir?«

»Ich werde morgen entlassen. Antonina, Filips Frau, hat mit dem Arzt telefoniert.« Er wirkte nicht sehr erfreut.

»Ich weiß«, sagte Elinor, »sie hat auch mit mir gesprochen. Ich weiß Bescheid.« Sie setzte sich neben ihn und er nahm ihre Hand.

»»Jemand war hier und war, / dann aber verschwand er plötzlich / und ist beharrlich nicht da««, sagte sie leise. Er wandte den Kopf und drückte ihr einen Kuss auf die Schläfe.

»Ich bin nicht gestorben, Elinor. Und du wirst nicht allein sein. Wenn das hier ausgestanden ist, bin ich wieder da. Im Frühjahr. Schon um die Blausterne zu sehen. So war es doch zwischen uns ausgemacht, nicht wahr?«

»Du hast mir nichts von Ewa gesagt. Ich wäre so viel

vorsichtiger gewesen. Jetzt ist es passiert und ich kann es nicht ändern.«

»Ewa ist Vergangenheit. Sie kennt sich nicht mehr, sie kennt mich nicht mehr; sie kennt Filip nicht mehr. Die arme Ewa weiß nichts mehr über uns.« Elinor sah ihm gerade in die Augen.

»Sie vermisst dich. Sie möchte, dass du nach Hause kommst.« Er schüttelte den Kopf.

»Antonina möchte, dass ich nach Hause komme. Sie ist eine sehr lebenstüchtige junge Frau, sehr effizient. Ich sollte wohl sagen, glücklicherweise. Und sie hat mir ausgerichtet, dass Marta Giertych mich in Gnade wieder am Dendrologischen Institut aufnimmt. Wenn ich neu sortiert bin, wie Antonina es so treffend formuliert, kann ich dort weiter arbeiten.«

Elinor fühlte ein leichtes Flackern von Eifersucht. Die gnädige Frau Giertych! Sie hatte Simons Rückkehr längst beschlossen, als sie sich in Kórnik auf der Brücke über dem Burggraben voneinander verabschiedeten – Marta, die Schere unterm Nadelfilz. Nun hatte sie ihn also wieder.

»Das ist wundervoll, Simon! So eine Erleichterung! Du und deine Magnolien«, sagte sie tapfer. »Ich war so froh, sie zu sehen. Filip sagt, du bist eine Koryphäe. Professor Giertych kann nicht auf dich verzichten.«

»Ach, das kann sie sehr wohl, die alte Marta. Und ich muss erst einmal zeigen, dass ich Bewährung verdiene.« Stille.

»Weißt du, wo Filip ist?«

»Er war hier. Ich habe ihm gesagt, dass er wegbleiben soll. Sie suchen nach ihm. Die Polizei und auch diese anderen Kerle.«

»Und wo ist er?« Sie spürte, wie er sich verschloss.

»Ich weiß es nicht. Liebste, erspar mir das.« Elinor lauschte dem Klang des einen Wortes hinterher und das Flackern verging. Nicht die alte Marta. Nicht die arme Ewa. Es war Elinor, die sich von nun an exklusiv nach ihrem fernen Liebsten sehnen durfte. Sie nahm das grüne Paperweight aus ihrer Schultertasche, legte es ihm in die Hände und führte seine Linke über die Rundung.

»Das ist für dich, Simon. Fühl mal, wie schön glatt und kühl es ist, wie Seewasser. Nimm es mit« – sie lächelte schief – »von mir – statt Blumen.« Seine Linke lag auf dem schweren gewölbten Glas. Er atmete tief aus. Er atmete ein, er atmete aus und plötzlich drückte er fest ihre Hand.

»Blumen?«, fragte er, »Rosen«, sagte er, »steinerne Rosen. Um eine Säule. Ruthchen Feibelmann.« Sie sahen sich stumm in die Augen und fingen zugleich an zu lächeln; nun auch Komplizen.

»Gut gemacht, Simon Jankowski«, flüsterte Elinor. Dann küsste sie ihn und er erwiderte ihren Kuss, denn dieser passende Augenblick würde nicht wiederkommen. Sie stand auf, als es klopfte, die junge Frau Jankowska die Tür öffnete und die Lage überblickte. Eine feine dunkle Augenbraue hob sich; die Rädchen hinter der Elfenbeinstirn standen still.

»Auf Wiedersehen und gute Reise, Antonina«, sagte Elinor, »und fahren Sie bitte vorsichtig.«

*

Der Friedhof hatte sich verändert. Als Elinor durch ihr Gartentor trat, waren Arbeiter des städtischen Grünflächenamts dabei, zwischen den Gräbern aufzuräumen. Sie stutzten die Eiben, sägten Gestrüpp ab, kehrten Rinde und welkes Laub zusammen, befreiten die roten Mauern von wildem Wein und Efeu, indem sie das Geflecht der Zweige samt der borstigen daumendicken Haftwurzeln aus den Fugen rissen, und ihre Maschinen jaulten und knatterten, dass Elinor, gepeinigt von den Schreckensbildern des Tages, als das Kreischen der Kettensäge abbrach und Simon Jankowski mit einem langen Schrei in das furchtbare Kunstwerk stürzte, zurück ins Haus floh.

Als sie sich am nächsten Tag in ihrer Mittagspause wieder auf den Friedhof traute, hatten die Männer ihres Amtes gewaltet und sämtliches Grün flächendeckend niedergemacht. Überall auf den Wegen lagen Haufen von Zweigen, Wurzeln und Ranken und der Ort hatte seine geheimnisvolle, dunkelgrün umwölkte Aura verloren. Dazu war jeder wackelige Grabstein bis hinunter zu denen, die gerade fußhoch aus dem Gras ragten, mit einem gelbschwarz gestreiften Plastikband umwickelt worden, das vor der »Einsturzgefahr« des Monuments warnte.

Es war würdelos und nur ein schwacher Trost, dass der wilde Wein, der Tarzan unter den Kletterpflanzen, mit keiner Säge einzuschüchtern war und in Kürze wieder zarte grüne Ranken vorschicken würde, um die Blößen zu bekleiden. Das nächste Mal nehme ich eine Schere mit und schneide diese schändlichen Plastikbänder ab, dachte Elinor.

Sie entdeckte den Unterschlupf des Fuchses, der ebenfalls seiner Deckung, eines Eibenbuschs, beraubt worden war; ein Loch neben dem Fundament der Freifrau Mathilde von Rothschild in der Nähe des Hauptportals. In dem Erdhaufen vor dem Bau waren die Abdrücke seiner Pfoten zu sehen und darüber standen in Marmor die Worte Salomons: »Ihre Hand öffnet sie dem Armen und mit ihren Händen stützt sie die Schwachen.« Dem Fuchs hatte Frau von Rothschild ihr Untergeschoss geöffnet.

Hinter der alten Pförtnerloge war eine Wasserstelle wieder in Betrieb genommen worden. Die Stadtgärtner hatten einen gelben Schlauch an den Hahn geschraubt und das Steinbecken gefüllt. Ihr Fuchs musste nun nicht mehr über den ganzen Friedhof zu seiner Schüssel am Gartentor laufen; für den Fuchs ein Gewinn; für Elinor ein Verlust.

Im kollektiven Erbe aller Frauen gibt es ein Aufmerksamkeits-Gen, das auf Männer gepolt ist, die scheinbar absichtslos in der Nähe herumstehen. Elinor, die ihre Angst tagsüber in Schach hielt und sich an diesem Ort – ihrem Ort – nie gefürchtet hatte, erstarrte und das Blut schoss ihr zum Herzen, als sie den Typ mit der Schlumpfmütze sah, der vor dem Grab von Mendel Naumburg aus Lódz stand und keineswegs den Stein betrachtete, an dem nichts Bemerkenswertes war. Er beugte sich nicht hinunter, er trat nicht näher heran; er hatte die Hände in die Taschen seiner grünen Bomberjacke gesteckt und wartete, Standbein, Spielbein, mit dem Rücken zu Elinor, ein gut definierter Hintern in weiten gefleckten Uniformhosen, und plötzlich wusste sie, dass sie ihn schon einmal gesehen hatte, dass er der Mann mit der schwarzen Sturmhaube war, der sie in ihrer Wohnung überfallen, bewusstlos geschlagen, gefesselt und aus dem Bett geworfen hatte, dass er sich gleich umdrehen würde, um zu beobachten, welchen Weg sie einschlüge, sich dann auf gleicher Höhe und in dieselbe Richtung ebenfalls in Bewegung setzen und dass sie es nicht wagen würde, ihm an diesem verlassenen Ort entgegenzutreten.

Das Hauptportal an der Rat-Beil-Straße lag näher als ihr Garten und sie wandte sich um und ging zügig auf den Ausgang zu. Dort auf dem Kiesplatz stand der dicke Mann mit der Glatze, der schon in der Wohnung in der Pelikaanstraat versucht hatte, ihr den Weg zu versperren. Er blickte ihr entgegen. Er trug einen weiten Mantel, seine Arme standen locker von den Seiten ab, als sei er im Begriff einen Colt zum Showdown zu ziehen, und er sah nicht aus, als würde er diesmal weichen. Gehend zerrte sie den Reißverschluss ihrer Schultertasche auf, tastete nach dem Telefon und wusste im gleichen Moment, dass es auf dem Schreibtisch in der Bibliothek lag. Da begriff Elinor, dass sie ohne Deckung zwischen zwei Meter hohen Mauern und Metalltoren in der Falle saß und nur versuchen konnte, ihr Gartentörchen zu erreichen, bevor der Typ in der Bomberjacke sie erwischte und nach ihr griff ... Einen Atemzug lang stand sie zitternd still. Dann umklammerte sie die Tasche mit dem Schlüssel und rannte auf die Bresche im kurzen L der Mauer zum orthodoxen Gräberfeld zu. Hinter der Lücke hatten die Stadtgärtner einen Berg abgerissenen Efeus aufgetürmt, und als Elinor einen Haken darum schlug, verfing sich ihr Fuß in einer Ranke. Sie stürzte, rappelte sich auf, keuchend vor Entsetzen, und hastete weiter.

Doch der Typ in der Bomberjacke war schneller. Er erwartete sie am Ende des langen Mauerstücks, sprang ihr in den Weg und riss sie am Arm herum. Sie schrie auf; er schlug ihr auf den Mund. Sie taumelte und ihr wurde schwarz vor Augen. Dann fiel ein Schuss, sie fühlte sich an der Hand gepackt und auf die Beine gezerrt. Jemand rannte und sie rannte mit, stolperte und fiel, rannte weiter und sah, dass es Filip war, der sie zog, Filip mit blutverschmiertem Gesicht, der das Gartentörchen erreichte und sich dagegen warf.

»Den Schlüssel! Gib mir den Schlüssel!« Aber es gab keinen Schlüssel. Die Tasche war weggeflogen, als der Mann in der Bomberjacke sie herumgerissen hatte. Sie sahen ihn über den kahlen Friedhof auf sie zuhalten. Er war schnell, er hatte ein langes Werkzeug in der Hand, und vom Ende der Platanenallee watschelte auch der dicke Mann heran. Da blickte Elinor der Kamera auf dem Torfpfosten ins Auge und schrie um Hilfe.

*

Nachdem Filip das Hotel Zum Alleenring verlassen hatte, war er nicht weit gereist. Er nahm die S-Bahn nach Wiesbaden und bemerkte erst im Zug, dass er sein Smartphone im Zimmer vergessen hatte. Zuerst dachte er daran, umzukehren, doch Jacek wusste, wo er in Frankfurt gewohnt hatte, und deshalb waren ihm Koszyks Kerle sicher schon auf den Fersen. Er hatte noch immer sein Adressbuch und kaufte sich am Wiesbadener Bahnhof ein billiges Kartenhandy, wählte Elinors Nummer und hinterließ die Nachricht, dass sie sich keine Sorgen machen solle, was ihm im Nachhinein als ein reichlich alberner Rat erschien. Dann versuchte er es bei Antonina, hätte aber wissen sollen, dass sie Anrufe von unbekannten Nummern ignorierte und löschte. Die Zeit, da sie jeden Abend verliebt miteinander telefoniert hatten, war lange vorbei. Frau Jankowska hatte sich an die häufige und sprachlose Abwesenheit ihres Mannes gewöhnt und sich in Krakau zu dem Musiklehrer ihres Sohnes ins Bett gelegt. Sie hatte noch nicht angefangen, Filip zu vermissen.

In einem billigen Hotel am Kaiser-Friedrich-Ring mietete er ein Zimmer unter falschem Namen, bezahlte eine Woche im Voraus, beobachtete die Straße und wartete ab. Seine Pistole schloss er in dem Safe im Kleiderschrank ein, besorgte sich in der nächsten Apotheke eine Packung extra breiter Heftpflaster und klebte sich die vier Brillanten auf die Brust. Er verbrachte lange öde Stunden damit, die Straße zu beobachten, und weil er nichts Verdächtiges bemerkte, begann er sich sicher zu fühlen. Da er jedoch nicht abgebrüht genug war, seine Einsamkeit stoisch zu ertragen, kaufte er eine dicke Wollmütze und einen Schal, steckte die Pistole ein und fuhr eines Morgens mit der S-Bahn zurück nach Frankfurt. An der Bushaltestelle der Unfallklinik blieb er so lange sitzen, bis er sicher war, dass ihm niemand gefolgt war, ging dann durch den Haupteingang und fuhr zur Neurologischen Reha-Station hinauf.

»Mein Sohn«, sagte Simon erschrocken, »weißt du, dass die Polizei nach dir sucht? Wo kommst du her? Was hast du angestellt?« Filip tat sorglos.

»Du siehst gut aus, Papa. Kannst du aufstehen? Sollen wir ein paar Schritte gehen? – Schickes Teil. Von Elinor?«

»Lass das doch. Dieser Kommissar wollte von mir wissen, wann ich dich das letzte Mal gesehen habe. Und dann war diese kleine Ratte Tomasz Gowyn hier. Der aus Kórnik. Du kennst ihn nicht, aber er scheint dich zu kennen. Hast du irgendetwas mit dem zu tun, was man mir zur Last legt? Etwas mit diesem Raub der Londoner Diamanten?« Grauauge in Grauauge. »Komm her, Filip, setz dich. Sag mir, was los ist. Ich habe hier oben zwar ein paar Lücken, aber ich bin nicht schwach im Kopf.«

Als Filip Jankowski eine Stunde später die Unfallklinik verließ, erhob sich in der Cafeteria ein Junge im Kapuzenpullover, der mit seinem Handy gespielt hatte, rollte draußen auf dem Skateboard an ihm vorbei die Rampe zur Straße hinunter und wartete auf derselben Bank wie er auf den 30er Bus. Am Blauhaus stieg er ebenfalls aus, lief telefonierend weiter, und als Filip unverrichteter Dinge wieder herauskam, war es ein Typ in einer grünen Bomberjacke mit einer Schlumpfmütze, der bis zur Bibliothek hinter ihm herschlenderte und an der Tankstelle gegenüber einen Schokoriegel kaufte. Er sah, wie Jankowski unter den Arkaden plötzlich stehen blieb, durch die Scheiben auf die Tische im Restaurant starrte, sich umdrehte und rasch zur U-Bahn-Haltestelle ging. Am Bahnhof wartete wiederum der Eintrachtfan, der sich inzwischen in einen Menschen in einer glänzenden, an den Seiten wie ein Wolkenstore gerafften violetten Jogginghose verwandelt hatte, eine Baseballcap und Kopfhörer trug, und sich zur vollkommenen Verschleierung seiner vorherigen Identität einen Schal der Offenbacher Kickers um den Hals gewickelt hatte. Er stieg mit ihm in die S-Bahn nach Wiesbaden und so dauerte es nicht lange, bis Koszyks Leute wussten, wo sich Filip Jankowski einquartiert hatte.

Der mit der Schlumpfmütze trug einen Blaumann und in der Hand eine Rohrzange, als er an die Tür des Hotelzimmers klopfte; der Fußballfan mit der unklaren Vereinspräferenz kam mit der Werkzeugkiste hinterher.

»Entschuldigung, der Herr. Es gab einen Wasserschaden im Bad über Ihnen. Wir müssten mal kurz …«, sagte er auf Polnisch und war schon drin, ehe Filip die Tür zudrücken konnte. Der Mützenmann schlug ihn mit der Rohrzange nieder und stemmte ihn in eine Ecke, während der andere schon Schubladen aufriss und im Kleiderschrank auf den Safe stieß.

»Mach's kurz«, sagte der mit der Mütze, »die Kombination« und stieß ihm die Rohrzange leicht unters Kinn, um ihn daran zu erinnern, dass es auch noch eine Spur härter ging. »Wo sind die Klunker?«

»Nicht im Safe«, krächzte Filip.

»Wo dann?« Filip legte die Hand auf die Brust.

»Was? Dann mal runter mit dem Gelumpe!« Der Mützenmann genoss es. Fast sah es aus, als balzte er, wie er vor Filip von einem Bein aufs andere tänzelte, sich in den Schultern wiegte, und ohne ihn aus den Augen zu lassen, aus dem Mundwinkel zackig auf den Boden spie. Und da es ihm zu lange dauerte, bis sich der andere aus seinem Pullover geschält hatte, beschleunigte er die Sache mit einem weiteren Schlag und riss ihm dann das Pflaster von der Brust, an dessen Innenseite die Diamanten klebten.

»Vier? Wieso vier? Wo sind die anderen?!« Filip schloss die Augen. »Hast du die verkloppt?« Er schüttelte halb betäubt den Kopf.

»Dann hat die Alte sie«, sagte sein Kollege kenntnisreich. »Die Frau aus dem Haus. Andrzej sagt, die beiden waren zusammen in Antwerpen.«

»Wo sind sie?«, schrie ihm die Mütze ins Gesicht.

»He, Mann, nicht so laut. Das ist hier alles nur aus Gipskarton. Wir gehen noch mal bei der Alten vorbei und machen ihr ein bisschen Dampf. Ich wette, die hat die Brillis in ihrem Höschen versteckt. Der gehört mal richtig der Arsch gepudert.«

»Guck im Koffer nach. Und im Bad. Im Spülkasten. Los, beweg dich!« Er hielt die Rohrzange drohend hoch. »Wo sind sie? Mach's Maul auf!« Filip zog es vor, umzukippen.

Als er wieder zu sich kam, waren sie fort. Er kroch auf Knien ins Bad, beugte sich über den Wannenrand, ließ sich das kalte Wasser über den Kopf laufen, das sich am Wannenboden rosa färbte, hielt sich die Dusche ins Gesicht und trank, versuchte, mit dem Handtuch die Blutung an der Schläfe zu stillen. Von den großen Pflastern waren noch drei übrig. Er zog eines über die Wunde und schaffte es gerade noch zum Bett, ehe er wieder das Bewusstsein verlor. Am nächsten Morgen war seine linke Gesichtshälfte geschwollen; unterm Auge hatte sich ein Bluterguss gebildet. Er sah furchterregend aus.

Er wählte Elinors Mobilnummer; sie meldete sich nicht. Er versuchte es in der Bibliothek. Nach dem fünften Klingeln antwortete eine fremde weibliche Stimme. Den Namen verstand er nicht:

»Apparat Sander.«

»Ich muss mit Mrs. Sander sprechen«, sagte er auf Englisch, »es ist sehr dringend«, und die Stimme am anderen Ende wechselte stockend die Sprache.

»Mrs. Sander ist nicht an ihrem Platz. – Wie bitte, was haben Sie gesagt?«

»Nichts. Ich habe nur geflucht, Entschuldigung. Wie kann ich sie erreichen; es ist sehr wichtig.«

»Ich habe Sie schon verstanden. Ich bin in Polen geboren«, sagte die Stimme, von seinem aufgebrachten Ton angesteckt, »also immer mit der Ruhe, junger Mann.«

»Ja, ja, tut mir leid, bitte sagen Sie mir, wo sie ist«, drängte er. Aber die andere hatte es nicht eilig.

»Tja, ich weiß nicht. Ich sehe, ihr Mobiltelefon liegt hier auf dem Schreibtisch. Sie ist vielleicht nur kurz weg – warten Sie mal einen Moment.« Er hörte, wie sich die Stimme vom Telefon abwandte und eine Frage in den Raum rief. Ein Wortwechsel, dann war sie wieder da. »Hallo – hören Sie, mein Kollege sagt mir, dass sie heute Morgen im Archiv arbeitet und in der Mittagspause eine kleine Runde drehen will. – Wo? Oh, das weiß ich nicht. Meistens geht sie hier um die Ecke auf dem jüdischen Friedhof spazieren. Kann ich ihr etwas ausrichten? Wie ist denn Ihr werter Name, bitte?« Aber da hatte der Mann schon aufgelegt. Flegel, dachte die Sekretärin. Polen sind doch sonst so höflich. Sie überlegte, ob sie der Sander etwas von dem Gespräch erzählen sollte. Die Frau war in letzter Zeit auch ohne solche Anrufe dermaßen durch den Wind ... Doch die Sander kam nicht zurück aus der Mittagspause.

Vor dem Badezimmerspiegel erneuerte Filip das Pflaster, nahm die Pistole aus dem Safe, wickelte sich den Schal um den Hals und zog sich die Mütze ins

Gesicht. Das Zimmer sah aus, als hätte man ein Huhn darin geschlachtet. Von außen hängte er das Bitte-nicht-stören-Schild an die Klinke und fuhr nach Frankfurt. Er fühlte sich wackelig auf den Beinen, deshalb aß er im Bahnhof zwei Currywürste und trank eine Flasche Coca-Cola, was ihn wieder einigermaßen herstellte. Dann fuhr er mit der U-Bahn zur Nationalbibliothek und ging langsam die Rat-Beil-Straße entlang bis zum Hauptportal des jüdischen Friedhofs. Auf dem Kiesplatz sah er sich um. Er war allein und streifte weiter kreuz und quer durch die Reihen der Gräber in Richtung der östlichen Mauer, setzte sich schließlich hinter einen der Berge aus Zweigen und abgerissenen Wurzeln und lehnte sich mit dem Rücken an einen Baumstamm. Es war ein trockener, nicht zu kalter Vormittag; eine verschleierte Wintersonne zog von Osten über die Stadt und wärmte ihm ein wenig die Schultern. Ihn überkam eine tiefe Erschöpfung. Er schloss die Augen und schlief ein.

Elinors Schrei durchfuhr ihn und er rappelte sich mühsam auf. Fünfzig Schritte vor ihm schlug der Mann in der Bomberjacke auf sie ein. Filip rannte, zog die Pistole aus der Tasche, brüllte und schoss rennend irgendwohin; die Kugel traf die Mauer, der Querschläger pfiff vorbei, der Mann taumelte zurück, dann war Filip bei ihr und zog sie auf die Füße. Sie hasteten los, und als er sich mit dem Rücken an das verschlossene Gartentor warf und Elinor um Hilfe schrie, kam der Mann auf sie zugesprintet, in der Rechten die Rohrzange. Es war so still, dass sie seine Schritte auf dem weichen Grund und das Schaben der weiten Hosenbeine hörten. Er war verdammt fit. Kein Hecheln, nicht einmal sein Atmen. Filip hob die Pistole.

»Stehenbleiben!« Der andere rannte weiter.

»Die Alte soll die Steine rausrücken!«

»Du sollst stehen bleiben! Ich knall dich ab!«

»Machst du ja doch nicht, Arschloch. Hast du noch nicht genug? Schick sie rüber!« Da schoss Filip zum zweiten Mal und der Mann ließ die Rohrzange fallen, krümmte sich nach vorn und brach lautlos auf dem Weg zusammen. Von der Allee gellten Sirenen herüber, näher und näher. Der Ort drehte sich. Die Zeit stand still. Ständig hörte man in der Stadt irgendwelche Sirenen. Als Bibi klein war, musste sich Elinor immer eine Ausrede für ein Martinshorn einfallen lassen, weil Bibi nicht ertrug, dass etwas Schlimmes passiert sein sollte, und anfing zu weinen. Elinor fragte sich, ob etwas Schlimmes passiert war, und hörte sich selbst schluchzen. Ein Junge ist vom Fahrrad gefallen. Eine Oma hat ihr Portemonnaie verloren. Ein Kind ist gegen den Laternenmast gelaufen. Schlimmer durfte es nicht kommen. Und Rettung war immer nah.

In der Platanenallee blieb der Dicke stehen, drehte sich auf dem Absatz um und marschierte mit rudernden Armen auf das Haupttor zu, als es nach innen auflog und vier Polizeibeamte in schusssicheren Westen und Helmen, die Gewehre im Anschlag, hereinstürmten. Der Dicke ging ihnen entgegen, fuchtelte beflissen in die Richtung, aus der der Schuss gekommen war, und walzte dann durch das offene Tor geradewegs hinaus auf die Straße. In einer Parkbucht wartete der Lieferwagen eines Installateurs, hinter dessen Steuer ein rotbärtiger Fan von Hertha BSC saß. Der Dicke stieg ein und sie fuhren zur Stadt hinaus, nach Westen und auf die Autobahn Richtung Kassel.

*

»Das hätten Sie sich ersparen können, Frau Sander«, sagte Kommissar Baer mitleidlos, nachdem die Ambulanz mit dem Mann in der Bomberjacke, den Filip in den Oberschenkel geschossen hatte, davongefahren war. Sie kauerte auf einem niedrigen keilförmigen Grabstein; ein Sanitäter kniete neben ihr und klappte seinen Notfallkoffer auf. »Dass Sie hier zusammen mit Filip Jankowski gesehen werden, ist ja wohl kein Scherz über seine eifersüchtige Ehefrau. Reden Sie endlich mit mir! In welcher Beziehung stehen Sie zueinander? Wo sind die Londoner Diamanten? Wer hat sie?

»Einen Moment, Herr Kommissar«, sagte der Sanitäter, hob Elinors Kinn und tupfte ihr das Blut von der Wange.

»Ich weiß es nicht und ich habe sie nicht«, teilte sie der Friedhofsmauer mit.

»Das sind Ausflüchte, Frau Sander! Wir unterhalten uns morgen früh auf dem Präsidium.«

»Das ist die ganze Wahrheit.« Soweit es sie betraf,

war es zumindest die halbe Wahrheit. Baer wandte sich Filip zu, dem ein Beamter die Pistole abgenommen und die Hände mit Handschellen auf dem Rücken zusammengeschlossen hatte.

»Und Sie nehme ich vorläufig fest wegen versuchter Tötung.« Filip hatte seine Mütze verloren. Blut war durch das Pflaster in seinem Gesicht gedrungen und er hatte versucht es abzuwischen. Etwas Schlimmes war passiert und es gab keine Ausreden.

Elinors Tasche wurde dort gefunden, wo der Mann in der Bomberjacke sie überfallen hatte, und ein Beamter nahm für sie den Schlüssel heraus und sperrte das Gartentor auf. Dahinter hatten sich bereits die Mieter des Blauhauses versammelt, bis auf Frau Wohlgemut, die in ihrem Salon gerade einer Kundin den Kopf wusch, Trixi Wohlgemut, die auf dem Schulweg war, und Frau Bienfait, die sich erst später bei der Suche nach dem dicken Mann nützlich machen sollte, gegenwärtig aber mit einer Freundin im Café Mozart in der Töngesgasse beim Bienenstich saß und zu ihrem großen Verdruss die Verbrecherjagd verpasste.

Elinor hob den Kopf, als eine zivile Stimme sie ansprach.

»Ich bin bestürzt, Frau Sander, wie konnte das geschehen? Wer sind diese Männer?«

»Herr Speyer! Dass Sie mich so schnell gesehen haben!«

»Oh, das gehört zu meinen Pflichten als Kurator dieses Ortes«, sagte er. »Ich habe immer ein Auge auf mein

Telefon.« Er zog sein Smartphone aus der Manteltasche und zeigte ihr auf dem Display das Gattertörchen und das Wegstück, das von der Kamera erfasst wurde. Am rechten Rand strich gerade Frau Hensel durchs Bild. »Ich habe Sie von dem Augenblick an gesehen, als Sie und dieser Herr auf das Tor zugelaufen sind und habe sofort das Überfallkommando verständigt. Wir sind über eine Standleitung mit der Wache im Präsidium verbunden.

»Danke, Herr Speyer, ja, vielen Dank. Ich glaube, jetzt …« Sie spürte, wie ihr Blut zu prickeln begann, der Kopf wurde plötzlich leer und dann rutschte sie langsam von dem schrägen Stein und fühlte gar nichts mehr. Es war der Moment, da Frau Hensel einschritt, den Sanitäter, der sie aufgefangen hatte, ablöste und Herrn Wohlgemut nach einem Glas Wasser schickte. Als Elinor zu sich gekommen war, half Herr Wohlgemut, sie in Frau Hensels Wohnung zu geleiten, wo sie auf dem Chesterfieldsofa und mit einer Decke über den Knien langsam ihre Fassung wieder gewann.

»Gin und Dubonnet?«, schlug Frau Hensel vor.

»Tee, bitte«, sagte Elinor matt und drückte ihre Hände in den Schoß.

»Take courage«, ermutigte sie Frau Hensel und sprach dann das höchste Maß an Zuversicht aus, das ihr zu Gebote stand: »Tee hat das Britische Empire gerettet, liebe Frau Sander. Er wird auch Sie wieder auf die Beine bringen.«

*

Vier Brillanten wurden von der Polizei im Futter der Bomberjacke sichergestellt und im Labor unter dem Refraktometer als dem Einbruch in Hatton Garden zugehörig erkannt. Der Mann, der die Jacke getragen hatte, gab an, Filip Jankowski habe sie ihm zugesteckt. Dagegen sprach der Zustand des Hotelzimmers in Wiesbaden. Was die übrigen vier betraf, die Filip Jankowski in Antwerpen angeblich versucht hatte zu verkaufen, so nahm der Beschuldigte sein Recht zur Aussageverweigerung in Anspruch. Er gab zu, mit seinem Partner Jacek Piontek Autos nach Osteuropa verschoben und auch das eine oder andere nicht ganz koschere Juwelengeschäft getätigt zu haben – neben dem Schuss auf dem Friedhof, illegalem Waffenbesitz, Hehlerei und Urkundenfälschung kam einiges zusammen –, aber er habe den Polen mit der Rohrzange, der ihn angegriffen und auf den er in Notwehr geschossen habe, nie zuvor gesehen und er leugnete standhaft, etwas über die Herkunft der Diamanten zu wissen. Sein Verhältnis zu Elinor Sander sei rein privater und platonischer Natur und allein von der Sorge um seinen Vater bestimmt. Sie habe sich nach dessen Unfall sehr um sein Wohlergehen verdient gemacht. Von den Juwelen wisse sie nichts.

Auch Elinor hatte gegenüber Kommissar Baer jede Art von Gesetzeswidrigkeit abgestritten, so weit, dass sie am Ende selbst davon überzeugt war, dass alles mit rechten Dingen zugegangen war – mehr oder weniger. Die Schuld lag bei Koszyk. Der büßte seinen Anteil ab und konnte, auch wenn man sie nicht fragte, den ihren übernehmen. Die Diamanten waren verschwunden, als habe sie nie hinter Bings Grab etwas aufgesammelt, das ihr nicht gehörte. Wenn sie darüber nachdachte, gab es weder etwas zu- noch zurückzugeben.

Man brachte Filip in die Frankfurter Justizvollzugsanstalt in Auslieferungshaft und Elinor durfte ihn besuchen. Sie saßen sich in dem fensterlosen Besucherraum an einem Tisch gegenüber. Der Bluterguss unter seinem Auge hatte sich ins Gelbe verfärbt.

»Sie sehen fabelhaft aus, Filip«, sagte Elinor, »ein schöner Eiterton.«

»Ich bin froh, Sie wieder lächeln zu sehen.«

»Man bemüht sich. Was ist mit Ihnen? Wann werden Sie nach Polen überstellt?«

»Morgen Nachmittag; einer von den polnischen Bullen holt mich ab; Direktflug nach Poznań.«

»Ach, da war ich erst letzte Woche«, sagte sie mehr zu sich selbst. »In Kórnik. Bei den Magnolien und bei Professor Giertych. – Kennen Sie die Frau?«

»Allerdings, die Schnepfe.« Elinor hob die Augenbrauen, enthielt sich aber der Nachfrage. »Erst hat sie sich an meinen Vater rangemacht und ihn dann für irgendeinen Bonzen sitzengelassen«, erläuterte er. »Hat ihn damals schwer gekränkt.«

»Aber er kann wieder am Institut arbeiten; dafür hat sie gesorgt.«

»Ja, okay«, knurrte er, »nett von ihr und gut für ihn.«

»Und was erwartet Sie in Poznań?«

»Ein paar Jahre Knast, wer weiß? Kommt auf das Maß der kriminellen Energie an, die man bei mir vorfinden wird.« Elinor sah ihn schweigend an. Sie hatte noch mehr Fragen, die sie an diesem Ort nicht stellen konnte: Ob sie einander etwas schuldig geblieben waren? Ob er Gregor Koszyk nicht doch besser kannte, als er zugab? Ob er nicht doch wusste, wer diese Männer waren, die sie in ihrer Wohnung überfallen und alles durchwühlt hatten?

Sie hatte lange über diesen Einbruch nachgedacht. Die Polizei hatte Filip über den Unfall seines Vaters und den Schmuggel der Diamanten informiert. Die Steine waren nicht in der Mansardenwohnung gefunden worden. Wer außer Filip wusste, dass sie Simons Sachen verwahrte? Niemand, nur er. Sie hatte es ihm zwei Tage vor dem Einbruch in einer E-Mail geschrieben. Hatte er mit diesem Wissen vor Jacek geprahlt? – Die Londoner Klunker sind jetzt in der Wohnung von dieser Sander. Ich habe die Frankfurter Adresse. Jacek trug es weiter zu Koszyks Komplizen und dann kamen sie zu ihr. Und Filip wunderte sich: oh, ein Einbruch? Leider wurde ein Fernglas gestohlen. Leider kam noch viel mehr zu Schaden. Leider wurde diese Sander dabei zusammengeschlagen. Darf ich Sie dafür zum Essen ausführen, Elinor? Darf ich Ihnen dafür Ihr kleines Geheimnis entlocken?

Obwohl es für dieses Gedankenspiel keinen Beweis gab, war sie überzeugt, dass es sich so zugetragen hatte, und sie hatte die Wut in sich wachsen gespürt. Wie konnte er sich mit diesen Verbrechern einlassen – ihr diese Gewalt, diese Schmach antun! Und dann: als Partner mit ihr nach Antwerpen fahren; die Hälfte einstecken wollen. Eine solche Hinterlist! Die nicht einmal funktionierte. War sie von ihnen nicht die begabtere Kriminelle? Sie hatte ihn nicht gebraucht, um die Diamanten zu Geld zu machen, ohne dass mit Pistolen herumgefuchtelt werden musste und die Fäuste flogen. Gewalt war erst angebracht, als er auf dem Friedhof den Kerl mit der Rohrzange niedergeschossen hatte, ehe die Polizei zu Hilfe kommen konnte. Dafür war sie ihm dankbar. Sie dachte an ihre Umarmung auf dem Krankenhausflur, als Simon aufgewacht war, ein Augenblick großer Nähe, der Liebe fast. Aber die Angst und den Ekel, die er über sie gebracht und die sie seither wie ein Schatten begleiteten, konnte sie ihm nicht vergeben.

Das Schweigen lastete zwischen ihnen. Sie sah ihn unverwandt an. Das Blut stieg ihm ins Gesicht, während er ihrem Blick standhielt. Schließlich nickte sie und da wusste er, dass sie wusste. Der Alte hatte recht: Er musste sich bei ihr entschuldigen. Jetzt. Aber sie kam ihm redend zuvor.

»Filip, noch etwas. Ihre Frau hat nach Ihnen gesucht. Sie war hier bei mir in Frankfurt. Von ihr habe ich erfahren, dass die Polizei Sie zur Fahndung ausgeschrieben hat.«

»Oh, ich weiß, dass Antonina hier war. Ich habe Sie beide hinter den Fenstern in der Bibliothek sitzen sehen, als ich zu Ihnen kommen wollte.«

»Sie wollten zu mir kommen? In die Bibliothek? Warum? Das war furchtbar leichtsinnig. Dabei haben Koszyks Leute Sie wahrscheinlich aufgestöbert.«

»Kann schon sein. Aber ich hatte vorher meinen Vater im Krankenhaus besucht. Wir haben über alles gesprochen.«

»Wie? Über alles?!«

»Sie wissen schon.« Er blickte sich um. Wahrscheinlich hörte in diesem Raum jemand mit. »Er ist ganz schön wild geworden, und deshalb bin ich zu Ihnen gefahren, um gewisse Dinge zu klären – und Sie um Entschuldigung zu bitten. Dass Antonina bei Ihnen war, hat mich natürlich überrascht. Der wollte ich gerade nicht begegnen.« Er sah auf seine verschränkten Hände. »Ich bin ein Idiot, ich weiß. Die Tage in diesem verdammten Hotelzimmer waren sehr lang, viel Zeit zum Nachdenken, aber ich habe es da einfach nicht mehr ausgehalten. Ich bin nicht gut im Alleinsein, verstehen Sie?« Elinor, die ziemlich gut im Alleinsein war, oder es zumindest glaubte, verstand. Er blickte auf und räusperte sich.

»Verzeihen Sie mir?

»Gut, dass Sie fragen, aber darüber sollten wir uns vielleicht ein anderes Mal unterhalten. Und da Sie das Alleinsein erwähnen, Filip – es geht mich nichts an, aber Ihre Frau hat mir gesagt, dass sie sich von Ihnen trennen will ...«

Sie lässt mich also abfahren, dachte er, und Ärger überwog seinen Anflug von Reue. Ich habe ihr zweimal den Arsch gerettet – vor dem Typ mit der Rohrzange und vor den Bullen, und sie lässt mich einfach abfahren und macht jetzt einen auf moralisch. Keine Ahnung, was sie mit ihren Klunkern angestellt hat. Soll sie doch drauf sitzen bleiben, oder sich schnappen lassen; nicht mein Problem. Dann sind wir eben quitt. Ich werde nicht noch einmal davon anfangen. Von mir aus kann sie über Antonina reden bis sie hier zumachen. Er holte Luft.

»Antonina? Ja, das tut sie nicht zum ersten Mal«, sagte er. »Ich meine, sie kündigt an, mich zu verlassen. Alles meine Schuld. Ich tauge nichts und verderbe unseren Jungen. Aber das geht vorbei. Ich hoffe, auch diesmal. Wir haben zusammen telefoniert. Sie ist ganz rührig und strengt sich zurzeit sehr für meinen Vater an. Natürlich ist sie stinksauer, aber es sieht nicht danach aus, als wolle sie mich verlassen. Eher verlasse ich sie, wenn sie mich einbuchten.« Er wandte den Blick ab.

»Wo ist Simon jetzt?«

»Wo er immer war. In Poznań. Antonina und der Kleine sind zu ihnen gezogen. Die Wohnung in Krakau können wir uns nicht mehr leisten. Und jemand muss sich um meine Mutter kümmern. Ziemlich dement, vergisst alles, darf nicht mehr allein gelassen werden.«

Und ich, und ich? dachte Elinor finster, und da sie nicht frei von unwürdigen Gefühlen war, fragte sie sich, ob das Haus groß genug war für diese unsortierte Familie Jankowski – ein Post-Traumatisierter, eine Exfrau, die alles vergaß, ein verurteilter Schieber, dessen ambitionierte Gattin und ein flötespielendes Kind. Vielleicht noch ein Hund. Sie öffnete ihre Schultertasche und reichte ihm einen dicken braunen Umschlag.

»Das ist nicht für Sie, Filip. Das ist für Simon. Wir beide machen keine Geschäfte mehr zusammen. Aber Ihr Vater braucht Unterstützung – Reha, Therapie, Überbrückung undsoweiter. Offiziell dürfen Sie zehntausend Euro mit nach Polen nehmen. Ich will nicht hören, dass Sie irgendetwas davon abgezweigt haben. Haben wir uns verstanden?« Er machte einen letzten Versuch, sie zu versöhnen.

»Yes, Nanny.« Es war die falsche Antwort.

»Ach, Filip!« Sie standen auf und er umarmte sie linkisch, fragte sich, ob er sie auf die Wange küssen sollte, ließ es bleiben. Sie hob das Kinn, die Lippen schmal, damit er ihre Traurigkeit nicht sah.

»Alles Gute!«, dann ging sie.

*

Mitte März wurde im Jüdischen Museum am Mainufer die Sonderausstellung mit den Fotografien des jüdischen Friedhofs von Conrad Sander eröffnet. Viel wohlwollendes Publikum und Presse, auch Kollegen aus der Bibliothek, Bienfaits, die Wohlgemuts samt Trixi und Frau Hensel waren gekommen. Marcel Speyer sprach die einleitenden Worte und dankte Elinor für das Konvolut, sprach von bedeutenden Zeugnissen der Zeitgeschichte, die über Jahrzehnte entstanden waren, von guter jüdisch-christlicher Nachbarschaft, der kulturellen und religiösen Vielfalt in dieser an Stiftungen reichen Stadt, der Notwendigkeit des ständigen Dialogs und erwähnte die Schändung des Ortes durch kriminelle Machenschaften auf seinem geweihten Boden mit keinem Wort.

Dass die beiden letzten aus Koszyks Bande in Polen gefasst worden waren, lag über ein Vierteljahr zurück. Frau Bienfait hatte den glatzköpfigen dicken Mann identifiziert, den sie auf dem Friedhof mit einem Löffel in der Hand in der Nähe der Zwischenmauer gesehen hatte. Zudem war sein großartiger Abgang mitten durch das Überfallkommando von den Kameras auf dem Hauptportal aufgezeichnet worden. Die rote Faser an Elinors aufgebrochener Wohnungstür stammte von einem Kapuzen-Sweatshirt (100 % Polyester) aus einem Online-Fanshop, der Tomasz Gowyn zu seinen Kunden zählte. Auf dem Polizeifoto sah Elinor sein Gesicht zum ersten Mal aus der Nähe und war überrascht von der lustigen Lausbubenmiene, aber sie erkannte ihn sofort und auch ohne sein Trikot wieder.

Filip fand in Poznań einen gnädigen Richter, der ihn zu eineinhalb Jahren Gefängnis mit Aussicht auf vorzeitige Entlassung verknackte, wenn er sich ordentlich führte. Wie er befürchtet hatte, wurden Antoninas Besuche mit der Zeit spärlicher und da er das Alleinsein schlecht vertrug, freundete er sich mit seinem Zellengenossen an, einem älteren Russen, mehrsprachig und mit gewandten Umgangsformen, ein professioneller Heiratsschwindler, der als angeblicher Nachkomme baltischer Barone im Land der großen Klunker erfolgreich operiert hatte und in der Zusammenarbeit mit einem jungen Geologen, der die Gemmologie zu seinem Fachgebiet gewählt hatte, durchaus Potential sah. Der alte Herr musste drei Monate länger sitzen als Filip, doch man würde sich nicht aus den Augen verlieren.

Simon Jankowski nahm seine Arbeit am Dendrologischen Institut wieder auf, aber er war nicht mehr ganz der alte, und als er zum ersten Mal wieder unter seinen Magnolien stand, stellte er erschrocken fest, dass ihm die Liebe zu den Bäumen abhandengekommen war. Zwar kehrte sie im Lauf der folgenden Wochen zurück, aber mit ihr erwachte auch die Erinnerung an den Tag, als er die Fichten gefällt hatte, an den Augenblick, als die Säge stotternd steckenblieb, der Wipfel auf ihn stürzte und ihn mit in die Tiefe riss, während seine Hände ins Leere griffen. Er hatte es gewusst, aber er hatte es nicht gefühlt. Er hatte gedacht, er sei vorbereitet. Er war es nicht und das Entsetzen fiel über ihn wie eine dunkle Glocke.

»Es ist wieder da«, schrieb er an Elinor, »und die Arbeit hilft mir nicht. Ich wünschte oft, ich könnte mit Dir darüber reden, doch dann denke ich, es wäre besser, wenn ich mit aller Kraft versuchte, es zu vergessen.«

»Du wirst es nicht vergessen«, antwortete sie ihm, »und ich werde es auch nicht, aber wir können vielleicht zusammen etwas gegen den Schrecken tun. Komm und lass es uns versuchen.«

Als der Februar zu Ende ging, bat er Marta Giertych

um Aufschub. Es war großartig, zurück am Institut zu sein; die Kollegen alle sehr hilfreich. Er dankte ihr, aber er war noch nicht so weit. Seine Müdigkeit, die Panikattacken, die sein Herz rasen ließen und die Unfähigkeit, sich zu konzentrieren brachten weder seinen inneren Frieden noch die Wissenschaft voran. Sie verstand und verstand doch nicht.

»Das sind Spätfolgen, mein Lieber«, sagte sie. »Du musst dich an Leib und Seele neu organisieren. Das braucht Zeit«, und sie gewährte ihm ein halbes Sabbatjahr, wenn er ihr versprach, gesund zurückzukehren.

Was reden diese Frauen, dachte er. Als ginge es darum, seine Schreckensbilder ins richtige Fach zu sortieren und die Seele wäre wieder heil. Immerhin tat er etwas für den Leib, als er aufhörte zu trinken und anfing, morgens eine Runde durch den Park zu traben. Im März stand er vor Gericht, aber da ihm eine Mitwisserschaft an dem Einbruch in Hatton Garden nicht nachgewiesen werden konnte, kam er für die Beförderung der Diamanten mit einer Geldstrafe wegen Zollvergehens davon und nur Elinor hätte die Pointe verstanden, dass er sie aus dem braunen Umschlag bezahlte, den sie Filip in der Auslieferungshaft übergeben hatte.

Bei der Vernissage im Museum stand sie mit ihrem Weinglas vor dem Winterbild, das sie und Bibi an der rosenumrankten Säule von Ruthchen Feibelmanns Grab zeigte und das man freundlicherweise in die Reihe der strengen, abstrakt wirkenden Schwarzweißfotos gehängt hatte, und sie dachte, dass sie den Friedhof nie als so herb und abweisend empfunden hatte, sondern eher als einen milden Ort guter Geister, der sich in inniger Umarmung mit den Kräften der Zeit verband. Säulen fielen, Schrift verwitterte, Marmortafeln zerbrachen, Moos deckte die Steine, Schmerz verging. All die ewig Geliebten und Unvergessenen lagen am Ende unbetrauert und vergessen in der Erde, weil jene, die sie geliebt und sich ihrer erinnert hatten, ebenfalls schon lange tot waren, und daran gab es nicht das Geringste auszusetzen. Die Eiben schlugen wieder aus, der wilde Wein erklomm die Mauern, die ersten Sternhyazinthen begannen ihre Blüten zu entfalten und einen blauen Schimmer über den Friedhof zu breiten. Sie schickte ihm eine Nachricht:

»Simon, mach voran! Die Blausterne fangen an zu blühen.« Er schrieb zurück: »Scilla siberica, warte auf mich!« Und Elinor, die gern das letzte Wort behielt, antwortete: »Bring nur Dich selbst mit.«

Sie steckte eine kleine Schaufel und einen Unkrautstecher in die Taschen von Jankowskis alter Barbourjacke, denn sie wollte nicht, dass Herr Speyer, den sie nie zu grüßen vergaß, ihre Instrumente erblickte, wenn sie zu Grabungen durch das Törchen aufbrach. Einmal draußen, ging sie flotten Schritts über den Friedhof, bückte sich hier und da, stach die kleinen weißen Zwiebeln aus und verstaute sie in ihrer Tasche. Vor Ruthchen Feibelmanns Säule blieb sie stehen. Die Eibe, die sie halb verdeckt hatte, war bis auf den Stumpf abgesägt worden, der Efeu von der Mauer gerissen.

Seit Simon sich an den Namen erinnert hatte, war sie viele Male an dem Grab vorbeigegangen. Wie konnte es sein, dass sie die Diamanten bei Bing gefunden hatte, wenn er sie bei Feibelmann deponiert haben wollte? – ein Päckchen, das verschwunden, aber nie abgeholt worden war. Sie schaute sich um. Der Wind trug die Geräusche der Stadt herüber, Autoverkehr, das Kreischen der Straßenbahn in den Schienen, ein Martinshorn. Von jenseits der Friedhofsmauer grüßte das Blauhaus, eine gediegene, vertrauenswürdige Erscheinung, die sich bis auf zwei unansehnliche Nadelbäume zur Linken nicht weiter bedeckt hielt, unter dem schwarzen Schieferdach die Geheimnisse ihrer Bewohner gleichwohl zu wahren wusste. Kein Licht fiel aus den Fenstern. Elinor war allein. Auch Frau Bienfait mied an diesem kühlen Märztag ihre Veranda.

Sie ließ sich auf die Knie nieder, kratzte mit der kleinen Schaufel am Fundament, schabte das Moos herunter, lockerte die Erde im Umkreis und fand schließlich, vom Frühlingszwiebelchen aus der Tiefe nach oben getrieben, den neunten Stein, den Diamanten, der dem Fuchs beim Schmalzkugelverzehr an dieser Stelle aus dem Maul gefallen und unter die Eibe gerollt war und der ihr nun entgegenblitzte.

Sie hob ihn auf und drehte ihn zwischen Daumen und Zeigefinger, ein kleiner Kegel mit einer steilen Spitze, dessen Facetten Licht sprühten, selbst an einem grauen Tag wie heute. Er war kein Phantom, auch wenn sie nie verstehen würde, warum er hier war und die anderen acht waren es nicht. Aber hier hatte er in der Erde gelegen und auf sie gewartet. Und dies war ihr Ort. Sie steckte ihn zu der übrigen Beute in die Jackentasche und schlenderte weiter. Vielleicht eine ganz schlichte Fassung, schlicht und elegant und ein Kettchen, oder ein Band, oder einfach nur ein Faden, damit sie ihn an einen Zweig in die Sonne hängen konnte und er beim leisesten Windhauch seine Regenbogenfunken durch den Garten fliegen ließ.

*

Das Gedicht »Katze in der leeren Wohnung« von Wisława Szymborska (Deutsch von Karl Dedecius) entstammt dem Band *Auf Wiedersehen. Bis morgen. Gedichte* © Suhrkamp Verlag, Frankfurt am Main 1995.

Für medizinischen und polizeilichen Rat danke ich Christian Golusda, Thomas Fuchs und Oliver Koss; Andrzej Koszyk für polnischen Originalton, Ilse Henning für ihre lang währende botanische Unterstützung. Eventuelle Fehler auf diesen Gebieten sind meine eigenen. Dank auch an Visit Flanders für eine Einladung nach Antwerpen. Es gibt im Arboretum in Kórnik keine Sumpfzypressenallee, in Frankfurt keine Rat-Beil-Straße 2a und kein Institut im Botanischen Garten. Allerdings hält der 32er Bus am nämlichen Ort.

Elsemarie Maletzke
Giftiges Grün

Ein Gartenkrimi
208 Seiten. Schön gebunden. Lesebändchen.
ISBN: 978-3-89561-598-6

Linas Onkel ist als vermeintlich armer Mann gestorben. Doch dann stellt sich heraus, dass er ihr und zwei weiteren Erben eine Aufgabe hinterlassen hat – und demjenigen ein kleines Vermögen, der einen Fall lösen kann, der dreißig Jahre zuvor das Leben des Onkels aus der Bahn geworfen hat.
Gleich drei Amateurdetektive suchen den Schauplatz des mutmaßlichen Verbrechens, die Villa Buchfinkenschlag. Als Lina das verwüstete Haus in einem verwilderten Park findet, begegnet sie dem ehemaligen Gärtner Johann, einem attraktiven, aber undurchsichtigen Mann mit einer Vorliebe für schöne, giftige Pflanzen. Ausgerechnet er muss Lina zu Hilfe kommen, als sie sich vertrauensselig in Gefahr bringt.
In ihrem Gartenkrimi spielt Elsemarie Maletzke mit den Versatzstücken des klassischen »Whodunit«, mit schusseligen Zeugen, falschen Verdächtigen, voreiligen Schlüssen und natürlich der Frage, ob der Gärtner der Mörder ist.

»Ein spannendes Buch für Gartenfreunde und Pflanzenkenner.«
Claudia Schülke, *Frankfurter Allgemeine Sonntagszeitung*

»Mal kapriziös (…), vor allem aber maliziös lässt sie ihr Auge schweifen über gärtnerische Hysterien und die für diesen Menschenschlag nicht unübliche Rechthaberei.«
Susanne Mayer, *Die Zeit*

»Maletzkes Sprache ist wie ein Garten voller farbenprächtiger Blumen (…). [Sie] hat dazu auch noch genug Durchtriebenheit, um eine wirklich spannend-unterhaltsame Kriminalgeschichte zu präsentieren.«
Karola Schepp, *Gießener Allgemeine*

Schöffling & Co.

Elsemarie Maletzke
Das Leben der Brontës – Eine Biographie

Biographie
Mit 80 Abbildungen im Text
512 Seiten. Gebunden.
ISBN: 978-3-89561-604-4

Wer kennt nicht die Romane der Schwestern Brontë Emilys *Sturmhöhe*, *Jane Eyre* von Charlotte, *Agnes Grey* von Anne – mit denen sie sich auf einen Schlag in den Kanon der Weltliteratur schrieben. Doch »ihren dauernden Ruhm begründen nicht nur ihre Bücher«, schreibt Elsemarie Maletzke, und fährt fort: »Das Leben der Brontës selbst, so sonderbar und so schmerzlich, erscheint wie ein Stück Dichtung. Auf engstem Raum, in einem Pfarrhaus im hintersten Yorkshire wachsen vier verwandte, in ihren Ausformungen jedoch ganz unterschiedliche Talente heran. Selbst der Vater ist ein frustrierter Poet. Es sind vier Geschwister, Anne, sanft und unerschrocken, Emily, das Naturkind, empfindsam und erbarmungslos, ihr Bruder Branwell, der gefallene Star, und Charlotte, die unter ihrer grauseidenen Schicklichkeit ein stürmisches Herz verbirgt.« Elsemarie Maletzkes oft spöttischer, lockerer Fabulierton paßt perfekt zur erstaunlichen und unterhaltsamen Geschichte dieser verschlossenen, eigensinnigen und wortmächtigen Pfarrerstöchter.

»Mit ihrer Lebensgeschichte der Brontës hat uns Elsemarie Maletzke eines der lesbarsten, menschlichsten und bei aller Tristesse amüsantesten Bücher des Jahres beschert.«
Brigitte

»Von den Brontës (…) erzählt ausführlich, mit Elan und inniger Anteilnahme (…) Maletzke in einer so märchenhaft traurigen, schaurigen Geschichte aus dem England des frühen 19. Jahrhunderts.«
Der Spiegel

Schöffling & Co.

Daan Heerma van Voss &
Thomas Heerma van Voss
Zeuge des Spiels
Thriller
Aus dem Niederländischen von Ulrich Faure
304 Seiten. Klappenbroschur.
ISBN: 978-3-89561-208-4

Nach dem unaufgeklärten Mord an seiner Frau hat sich der ehemalige
Psychiater Aron Mulder in sein Ferienhaus zurückgezogen. Die Gerüchte,
er sei in den Mordfall involviert, vertreiben die Patienten und auch seinen
Sohn Alexander, der nach New Orleans gezogen ist und einen anderen
Namen angenommen hat. Als Alexander jedoch verdächtigt wird,
seine Freundin Nathalie Underwood in den Sümpfen von Louisiana
ermordet zu haben, beschließt Aron, in die USA zu fliegen und seinem Sohn,
von dem er seit Jahren nichts mehr gehört hat, zu helfen.
Im Mordfall Underwood ermittelt die Polizistin Hanna Vincennes,
die von ihren Vorgesetzten und den Medien zunehmend unter Druck
gesetzt wird. Je mehr Antworten sie findet, desto größer werden
ihre Zweifel an der offiziellen Version.
Was hat dieser Mordfall mit dem Mord an Arons Frau zu tun?
Und gelingt es Aron, die Unschuld seines Sohnes zu beweisen?

»Ein ungewöhnlicher Krimi-Thriller – voller Andeutungen,
Verdächtigungen führt er den Leser und lässt ihn danach auch nicht
wirklich aus seinen Fängen – genial konstruiert.«
Buchraettin, *lovelybooks*

»So muss ein Krimi sein!«
Hadwiga Fertsch-Röver, *hr2*

»Diese beiden jungen niederländischen Autoren, zwei Brüder,
sollte man sich merken.«
Barbara Riedl, *ekz*

Schöffling & Co.

»Was für ein großartiges Genre der Thriller sein kann,
zeigt *Zeuge des Spiels*.«
Peter Henning, *Süddeutsche Zeitung*

»Ein hochliterarischer Thriller, der die schreiberische Subtilität
großer niederländischer Gegenwartsautoren (…) mit dem
psychologischen Thrill und der umrissscharfen Figurenzeichnung
einer Patricia Higsmith vereint.«
Peter Henning, *Schweiz am Wochenende*

»Das junge Autorenduo (…) entfaltet beachtliche Energien,
um die Leser in ein komplexes System von scheinbar offensichtlichen
wie verborgen insistierenden Zusammenhängen zu führen.«
Rose-Maria Gropp, FAZ

»Sehr subtil und mit vielen überraschenden Wendungen.«
Hannoversche Allgemeine Zeitung

»Ich habe nicht aufhören können!«
Anna Jeller, *Superfly.fm*

»Spannende Ferienlektüre.«
Katharina Granzin, *taz*

»Gute Idee, gute Story, gute Charaktere.«
Ulrich Noller, WDR *Noller liest*

»Thriller aus der Psycho-Ecke (…) mit einem höchst
verstörenden Schluss.«
Ellen Pomikalko, *BuchMarkt*

»Elegant und subtil steigert das Autorenpaar die Spannung (…).
Perfektes Verbrechen in den Sümpfen Louisianas –
ein gelungener Krimi aus den Niederlanden.«
BücherMagazin

Schöffling & Co.